AUSSERDEM VON COLLEEN CROSS

Verhexte Westwick-Krimis

Verhext und zugebaut

Verhext und ausgespielt

Verhext und abgedreht

Die Weihnachtswunschliste der Hexen

Hexenstunde mit Todesfolge

Liebeshexerei am Valentinstag

Wirtschafts-Thriller mit Katerina Carter

Exit Strategie: Ein Wirtschafts-Thriller

Spelltheorie

Der Kult des Todes

Greenwash

Auf frischer Tat

Blaues Wunder

Zu Neuigkeiten über Colleens Bücher, besuchen Sie ihre Website: http://www.colleencross.com

Einfach für den Neuerscheinungen Newsletter anmelden, um immer direkt über die Neuerscheinungen informiert zu werden!

LIEBESHEXEREI AM VALENTINSTAG

VERHEXTE WESTWICK-KRIMIS 6

COLLEEN CROSS

Übersetzt von
ELKE WILL

LIEBESHEXEREI AM VALENTINSTAG

Bis dass der Tod uns scheidet...

Cendrine West und die Hexen von Westwick freuen sich auf einen bezaubernden Valentinstag voller Romantik, heimlicher Verehrer und vielleicht sogar auf den ein oder anderen Heiratsantrag. Liebe liegt in der Luft, aber Tante Pearl ist das egal.

Rubys neuestes Unternehmen bringt unerwartete Gäste mit sich und ein mysteriöser Vorschlag schickt Cen auf eine Suche. Dann wird Amors Pfeil verwünscht und plötzlich bricht die Hölle los!

KAPITEL 1

Ich stamme aus einer großen Familie erfolgreicher Hexen. Die Leute denken, dass Hexen alle möglichen Methoden zur Verfügung haben, um ihren Lebensunterhalt zu verdienen, aber das stimmt überhaupt nicht. Wir befolgen strenge Regeln, die den Einsatz von Hexerei zur finanziellen oder materiellen Bereicherung verbieten. Westwick Corners ist eine kleine Stadt mit sehr wenigen Arbeitsplätzen, also brauchten wir Einfallsreichtum und Kreativität, um über die Runden zu kommen.

Die Haupteinnahmequelle der Familie West ist unser Westwick Corners Inn, unsere Boutique-Familienpension, die uns finanziell über Wasser hält. Neben zahlreichen Positionen, die ich in unserer Pension begleite, bin ich auch Herausgeberin und einzige Angestellte der Westwick Corners Weekly. Ich habe die wöchentliche Gemeindezeitung vor ein paar Jahren von dem ausscheidenden Eigentümer übernommen und mir damit einen Job verschafft. Im Moment konzentrierte ich mich jedoch voll und ganz auf meinen knurrenden Magen, der nach Nahrung verlangte.

Der Duft frisch gebackener Bananenmuffins wehte mir entgegen, als ich die große Tür aufstieß, die unser Gäste-Esszimmer von der Küche trennte. Das Betreten der Küche war ein absolutes Nein für meine Diät. Ich achte strengstens auf Kalorien und habe vor einer Stunde beim Frühstück mit einem Cranberry-Muffin mein tägliches Muffin-Kontingent erfüllt. Mamas tägliche Bäckereien waren ein ständiges Berufsrisiko. Trotzdem betrat ich frisch, fröhlich und frei die Küche, fest entschlossen, nicht einmal einen Bissen von Mamas Backwaren über meine Lippen zu lassen.

Mama öffnete die Tür des großen Industrieofens aus Edelstahl mit übergroßen Ofenhandschuhen. Sie zog ein schweres gusseisernes Blech heraus und hielt es mir hin.

»Ein Muffin als Gehirnnahrung, Cen?«

Mir lief das Wasser im Mund zusammen, aber ich schüttelte den Kopf.

»Ich kann ja noch nicht einmal mehr das Kleid schließen, das ich speziell für den Valentinstag gekauft habe. Ich muss bis heute Abend weitere zwei Kilo abnehmen und morgen bis zum Abendessen noch weitere zwei Kilo.« Mein Magen knurrte aus Protest.

Mama lachte und stellte die Muffinform auf einen Untersetzer auf der Anrichte, um sie neben einer zweiten Ladung Heidelbeermuffins abzukühlen.

»Zwei Kilo sind in ein oder zwei Wochen zu schaffen, nicht an einem Tag. Du kannst nicht hungern und das solltest du auch nicht. Du siehst toll aus, so wie du bist.«

Für Mama leicht zu sagen, – sie war in jungen Jahren Sportlerin gewesen, eine Star-Sprinterin im Leichtathletikteam des College. Nun verbrannte sie täglich Kalorien, indem sie die Pension verwaltete und den großen Gemüsegarten pflegte, der den größten Teil des Essens der Pension lieferte. Im Gegensatz zu mir war sie an den meisten Tagen diszipliniert und fit beim Training. Sie aß, was sie wollte, und nahm kein Gramm zu.

Tante Pearl tat nichts davon, aber sie hielt mühelos ihr knochiges Körpergewicht von vierzig Kilo. Der Genpool der Wests war irgendwie an mir vorübergezogen. Ich legte Gewicht zu, sobald ich eine Einkaufsliste schrieb. Ich war fülliger, größer und hübscher als alle meine Verwandten. Sogar meine geraden blonden Locken hoben sich vom Familienstandard der brünetten Locken ab. Mama war immer vage gewesen, was unseren Familienstammbaum anging. Wären da nicht meine Zauberfähigkeiten gewesen, hätte ich geglaubt, ich wäre adoptiert worden.

Die Küchentür ging so heftig auf, dass sie gegen die Wand knallte.

»Meine Güte, Ruby, was verbrennst du gerade?« Tante Pearl runzelte die Stirn, als sie die Küche betrat. Der Altersunterschied zwischen Mama, der Jüngsten, und Tante Pearl, der Ältesten, betrug mehr als ein Dutzend Jahre, aber das konnte kein Außenstehender sehen. Tante Pearl sah aufgrund ihres aktiven Lebenswandels, stets auf der Flucht vor dem Gesetz, außergewöhnlich jung für ihr Alter aus.

Wenn sie nicht damit beschäftigt war, Gesetze zu missachten oder Dinge in Brand zu setzen, machte sie es sich einen Spaß daraus, den Sheriff der Stadt zu schikanieren. Sie war eine Ein-Frau-Verbrechenswelle und die rebellischste Seniorin, die man sich vorstellen kann.

Mama winkte ab. »Ich habe Cen nur ermutigt, einen Muffin zu probieren. Ich habe Heidelbeere, Banane und Schokoladenstückchen. Möchtest du eins?«

Tante Pearl kniff die Augen zusammen und war streitsüchtig.

»Das ist reine Zeitverschwendung. Geh das Zeug doch kaufen. Wenn ihr beide mehr Zeit mit Zaubern verbringen würdet, anstatt mit gusseisernen Kuchenblechen zu spielen, wäre diese Welt, – und unsere Stadt – ein besserer Ort.«

Mama schüttelte den Kopf. »Backen ist billiger und gesünder als alles, was man im Supermarkt bekommt. Die Pension stellt Essen auf den Tisch. Als ich das letzte Mal nachgesehen habe, war Pearls Zauberschule wegen zu geringer Einschreibung geschlossen. Sogar Cens Zeitung ist lukrativ.« Mama sah mich mit zweifelndem Gesichtsausdruck an.

Ich verschränkte verteidigend die Arme.

»Natürlich verdient meine Zeitung Geld. Ich habe bereits Werbung im Wert von einem Monat für meine Valentinstags-Sonderausgabe verkauft.«

Meine Familie betrachtete meine Gemeindezeitung als Hobby und es frustrierte mich ohne Ende.

»Kein Grund, wütend zu werden, Cen. Ich wollte nur etwas sagen«, bemerkte Mama.

»Das habe ich nicht ...«, prustete Tante Pearl. »Cen ist nur sauer, weil niemand ihre Artikel liest, Ruby. Du weißt genauso gut wie ich, dass die Leute es nur wegen der Flyer und den Gutscheinen kaufen.«

Tante Pearls Tagesjob war Haushälterin der Pension, aber sie leitete auch Pearls Zauberschule, eine Schule für Hexen. Ihre Schüler blieben nie länger als ein Semester und wurden von ihrem streitsüchtigen Temperament vertrieben. Aber die leiseste Kritik an Tante Pearls Schule versetzte sie so in Aufregung, dass Mama und ich im Allgemeinen den Mund hielten. Was bildete sie sich denn ein, so an meinem Geschäftssinn zu zweifeln?

Die Pension und unsere Stadt gediehen, wann immer Touristen hierher kamen. Der Trick bestand darin, sie in unseren versteckten kleinen Weiler zu locken, der abseits der ausgetretenen Pfade lag. Am Anfang hatten wir ein paar magere Jahre, aber Mamas Idee, unsere Familienvilla vor einigen Jahren in eine Boutique-Familienpension umzuwandeln, war ein großer Erfolg gewesen. Kürzlich hatten wir eine Bar und ein Weingut auf unserem Grundstück hinzugefügt und unsere Pension als gemütlichen kleinen Zufluchtsort von der Hektik des Stadtlebens vermarktet.

Trotz unseres bescheidenen Erfolgs war es ein ständiger Kampf, Tante Pearl dazu zu bringen, ihren Anteil an der Arbeit zu übernehmen. Tante Pearl hasste die bloße Vorstellung von Besuchern. Sie widmete genauso viel Energie mit deren Vertreibung wie wir, sie anzuziehen. Unsere Existenz hing vom Tourismus ab, aber das konnte Tante Pearl nicht akzeptieren.

Tante Pearl ging zur Anrichte und riss sich ein Stück frisch gebackenen Bananenmuffin ab. Sie steckte den Bissen in ihren Mund und verzog das Gesicht.

»Das ist fürchterlich, Ruby! Du kannst unseren Gästen doch nicht diesen Mist servieren.«

»Du weißt doch, dass du keine Bananenmuffins magst. Warum hast du dir einen genommen?«

Mama wischte sich mit dem Handrücken über die Stirn und seufzte.

»Das ist doch ganz egal. Niemand wird diesen Müll essen.«

Tante Pearl hob die Hand zum Mund und spuckte den Muffinbissen in ihre Handfläche. Sie ging hinüber zum Abfalleimer und wischte die Krümel von ihrer Handfläche, in den Eimer hinein.

Ich blickte sie finster an. »Du hast diesen Muffin absichtlich verschwendet.«

Tante Pearl schniefte. Nicht früh genug, wenn du mich fragst.«

»Unsere Gäste lieben mein Gebäck, auch wenn du es nicht tust«, sagte Mama. »Ach, übrigens, du putzt nur noch selten die Zimmer und dieser neue Barkeeper, den du eingestellt hast, ist schrecklich. Er gießt zu viel ein und serviert zu wenig.«

Tante Pearl verdrehte die Augen. »Die Gäste lieben Lucky. Ich habs dir gesagt, Ruby, ich kann keine Zeit mehr in dieser Touristenfalle verbringen. Ich muss Pearls Zauberschule leiten.«

Mama seufzte. »Die Pension gehört auch zu deinen Geschäften, Pearl. Du musst etwas wegen Lucky unternehmen. Mit ihm verpuffen alle unsere Gewinne.«

»Du könntest doch wieder Barkeeper sein, Tante Pearl. Das würde uns etwas Geld sparen.« Die Leute akzeptierten eher einen verschrobenen Barkeeper als eine verschrobene Haushälterin.« Alkohol schien die Anspannung zu mildern.

»Nee. Bin viel zu sehr beschäftigt.« Tante Pearl schüttelte den Kopf.

»Warum machst du es denn nicht?«

Ich schüttelte den Kopf. »Ich checke schon die Gäste ein, führe die Bücher und wasche die ganze Wäsche. Mehr kann ich unmöglich tun. Außerdem hast du im Moment gar keine Schüler.«

»Das ist nur vorübergehend, während ich den Lehrplan aktualisiere.«

Tante Pearls Augen verengten sich, während sie mich musterte »Weißt du, Cen, ich könnte ein paar Beta-Tester für meine Zaubersprüche gebrauchen. Hilfst du mir, helf ich dir. Du könntest selbst ein paar Zauberauffrischungen gebrauchen.«

»Hör auf, ständig das Thema zu wechseln, Tante Pearl. Meiner Zauberei geht es gut.« Meine Hexerei könnte ein wenig Politur gebrauchen, aber ich habe in der wenigen Freizeit, die ich habe, regelmäßig geübt.« Mama hatte aber recht. Die Pension stand im Vordergrund. Sie ernährte uns, kleidete uns und wir behielten ein Dach über dem Kopf. Hexerei war ein nettes Extra, aber bezahlte nicht die Rechnungen.

Mama stand an der Spüle und spülte Geschirr. »Pearl, wenn das Geschäft nicht bald anzieht, musst du Lucky loswerden. Wir können uns seinen Lohn nicht leisten.«

»Das geht nicht«, protestierte Tante Pearl. »Ich habe seiner Mutter versprochen, dass ich ihm einen Job gebe.«

»Du solltest keine Verpflichtungen eingehen, ohne mich vorher zu fragen«, sagte Mama. »Lucky taucht die Hälfte der Zeit nicht einmal auf. Und wenn er es mal tut, kommt er zu spät. Wenn es nach mir gegangen wäre, hätte ich ihn nach seinem ersten Arbeitstag gehen lassen. Es ist fast so, als wolltest du, dass unser Geschäft scheitert.«

Tante Pearl prustete. »Lucky ist ein fantastischer Barkeeper. Er bereitet fantastische Drinks zu. Er ist perfekt für den Job.«

»Nur wenn Geld keine Rolle spielt«, sagte ich. »Jedes Getränk, das er mixt, ist ein Doppelter. Ich bezweifle sogar, dass Lucky sein richtiger Name ist.«

Tante Pearl hatte Lucky drei Wochen zuvor ohne Lebenslauf oder Referenzen eingestellt, als er in die Stadt gezogen war. Er war ein Mann ohne Vergangenheit, der scheinbar aus dem Nichts aufgetaucht war. Wir wussten nichts über ihn, und er wusste so gut wie nichts über Barkeeping. Wenn wir nicht aufpassen würden, gingen wir im Nullkommanix bankrott.

Mama seufzte. »Er kleidet sich wie ein Gangster. Ich weiß, dass man Menschen nicht nach ihrem Aussehen beurteilen soll, aber wozu braucht er diese auffälligen Anzüge? Warum muss er sich in einer Schicht zwei- oder dreimal umziehen? Er kommt immer zu spät und geht früh. Sieh es ein, Pearl, er ist nicht zum Angestellten gemacht. Er hat andere Dinge im Kopf, als sich um die Bar zu kümmern.«

»Okay, okay. Ich rede mit ihm. Lass ihn in der Zwischenzeit einfach etwas lockerer. Jeder verdient eine zweite Chance.« Tante Pearl nahm sich einen weiteren Muffin, diesmal einen mit Heidelbeeren. Sie brach ein Stück Muffin ab und hielt es zwischen den knochigen Fingern. Sie hielt es an die Nase und schnüffelte daran. Dann ließ sie es mit einer Grimasse auf die Anrichte fallen. »Nun, vielleicht nicht jeder.«

Ich zog die Stirn in Falten. »Mama verbringt viel Zeit damit, für unsere Gäste alles frisch herzustellen. Jetzt muss sie wegen dir noch eine neue Ladung backen.«

Tante Pearl verschränkte trotzig die Arme. Ein selbstgefälliges Lächeln breitete sich auf ihrem Gesicht aus, als sie den Muffin auf der Anrichte und dann mich ansah.

»Wenn die Muffins so toll sind, Cen, warum isst du dann keine?«

»Ich mache doch gerade eine Diät.« Ich sah sehnsüchtig auf das, was von dem Muffin übrig war. Heidelbeere war nach Banane mein zweiter Favorit. Tante Pearl verspottete mich absichtlich, und ich spürte, wie meine Entschlossenheit schwankte.

»Du willst es verkommen lassen?« Tante Pearl grinste schelmisch.

Ich gab nach und griff nach dem Muffin. Ich brach ein Stück vom Muffin ab und aß es. »Hmm … es ist köstlich, Mama.«

Mama lächelte und wandte sich dann wieder dem Ofen zu. Sie nahm eine weitere Muffinform heraus und stellte sie zum Abkühlen auf den Herd.

Mama beaufsichtigte den täglichen Betrieb der Pension. Sie bereitete auch Frühstück, Mittag- und Abendessen zu und backte täglich köstliche Leckereien. Tante Pearl musste nur acht Gästezimmer putzen, von denen die meisten nur am Wochenende belegt waren. Dennoch tat sie ihr Bestes, um auf ihre eigene schlaue Weise ein schlechtes Gästeerlebnis zu schaffen. Während die Zimmer immer mit frischer Bettwäsche und Toilettenartikeln ausgestattet waren, wachten die Gäste nachts oft durch seltsame Geräusche, Fenster, die sich plötzlich öffneten oder schlossen, und andere mysteriöse Spielereien auf. Sie verspukte unsere Gäste buchstäblich. Manchmal waren sie so erschrocken, dass sie frühzeitig wieder auscheckten.

Tante Pearl gab immer Oma Vi die Schuld. Meine gespenstische Großmutter starb vor einigen Jahren, hatte aber ihr geliebtes Zuhause nie verlassen. Unser Hausgespenst war ein gutartiger Geist, der meistens für sich blieb. Sie genoss einfach unsere Gesellschaft und das gemütliche Ambiente der Pension. Sie würde unsere zahlenden Gäste niemals vertreiben.

Tante Pearls Zaubersprüche und Spielereien schadeten dem Geschäft, was genau ihre Absicht war.

Was mich zu einer Weiteren meiner Pflichten in der Pension bringt: Das Chaos meiner Tante mit meinen eigenen geheimen Gegenzaubern zu beseitigen. Dieser Job störte mich nicht so sehr, da er den Nebeneffekt hatte, meine Hexerei weiter zu verfeinern. Ich war jetzt eine bessere Hexe als Tante Pearl, obwohl sie das nie zugeben würde.

Ich behielt Tante Pearls Aufenthaltsorte stets im Auge und deeskalierte alle Zusammenstöße mit der städtischen Polizei. Diese kamen häufig vor und unsere Sheriffs gingen bei uns ein und aus. Genau genommen, bis zum letzten Sheriff. Das einzig Positive an Tante Pearls Gesetzesbruch war, dass ich dadurch meinem wunderbaren Sheriff-Freund Tyler Gates vorgestellt wurde.

Der Gedanke an Tylers warme braune Augen und sein ansteckendes Lächeln ließ mein Herz schmelzen. Vielleicht würde er bald mehr als nur ein Freund sein, vielleicht sogar schon morgen Nacht. Wir hatten eine Reservierung zum Abendessen am Valentinstag im schicksten Restaurant im nahe gelegenen Shady Creek. Wir hatten zuvor schon beiläufig über Heirat gesprochen, aber in letzter Zeit hatte Tyler Andeutungen gemacht.

Wenn diese unaussprechliche Sache, die passieren sollte, tatsächlich passieren würde, wollte ich für diesen Anlass gut gekleidet sein und mein funkelndes neues rotes Valentinstagskleid tragen. Ich würde spektakulär aussehen, wenn ich seinen Antrag annehmen würde, selbst wenn ich mein molliges Ich in mein etwas zu kleines Kleid quetschen müsste. Ich musste nur ab und zu ein wenig hungern, aber ich war bereit dafür. All das würde ein kalorienreiches Muffin ruinieren.

Ich senkte meinen Blick und schnappte nach Luft. Alles, was in meiner Hand blieb, waren Krümel. Ich hatte ein ganzes Muffin gegessen, ohne es zu merken!

Tante Pearl sah Mama misstrauisch an. »Für wen genau backst du, Ruby? Unsere letzten Gäste haben gestern Morgen ausgecheckt.«

Ich hatte mich auch gewundert, weil mir keine Reservierungen in der Pension bekannt waren. Das war auch seltsam. Wir waren normalerweise für das Valentinstagswochenende ausgebucht.

Mamas Gesicht errötete, als sie einen großen Weidenkorb mit einer Leinenserviette auf die Arbeitsplatte stellte. Sie hob eine der Muffinformen hoch und drehte sie vorsichtig um. Die Muffins purzelten in den Korb und der Duft von gebackener Banane wehte durch die Luft.

»Ich ... äh, kann jetzt nicht reden. Ich muss noch mehr kochen und backen, um fertig zu werden.«

Ich speichelte bei dem Aroma, als mein Magen nach mehr knurrte.

»Für wen, hast du gesagt ...?«

Mama antwortete nicht.

Oma Vis durchsichtige Gestalt materialisierte sich plötzlich. Sie schwebte durch die Wand, die die Küche vom Esszimmer trennte. Meine gespenstische Oma war immer noch ein fester Bestandteil unseres täglichen Lebens. Zum Glück konnte sie nur von Familienmitgliedern gesehen werden.

Sie schwebte mir gegenüber und sagte mit singender Stimme: »Mmm ... Muffins! Deine Lieblingsmuffins, Cen!«

Ich schüttelte verneinend den Kopf. »Ich bin auf Diät, erinnerst du dich?«

Oma Vi schnaubte. »Du hast die Diät vermasselt, Cen. Tatsächlich siehst du in letzter Zeit ziemlich rundlich aus.«

»Du hältst mich für fett?« Meine Schultern sackten geschlagen zusammen. Was hatte mich dazu gebracht, ein Kleid zwei Nummern zu klein zu kaufen? Dumm, dumm, dumm. Ein paar Pfunde im Monat zu verlieren, erschien mir letzten Herbst ganz einfach zu sein, als ich noch ein paar Monate hatte, um mein Ziel zu erreichen. Aber morgen war Valentinstag. Anstatt abzunehmen, hatte ich über Weihnachten sogar noch ein paar Kilo zugelegt. Ich hatte mich ein bisschen zu viel an Mamas Festtagsbäckerei und den brandneuen Witching-Hour-Gutsweinen unserer Familie gütlich getan. Inzwischen war der Valentinstag immer näher gerückt und nun war es morgen.

Oma Vi schwebte vor mir her und ihr durchsichtiger Körper war eine Art Barriere zwischen mir und der Anrichte. »Ich sage nur die Wahrheit, Cen. Selbst wenn du hungerst, wird dir dieses Kleid morgen auf keinen Fall passen.«

Tante Pearl prustete. »Wie wärs mit einem Zauberspruch, Cen. Vergrößere dir doch dieses alberne Kleid.«

Ich verschränkte die Arme. »Du weißt, dass das nicht geht. Das ist Machtmissbrauch und verstößt gegen die WICCA-Regeln.« Leichtfertiger Gebrauch von Magie wurde von der Witches International Community Craft Association verpönt. Es war wichtig, in das Kleid zu passen, aber nicht das WICCA-Verbotsniveau zu verletzen.

Tante Pearl verdrehte die Augen. »Mach dich doch nicht lächerlich. Man muss nur die Regeln ein wenig abändern. Niemand wird es jemals erfahren.«

Das war eine Lüge. Wenn ich irgendeine Regel brach, und sei sie noch so geringfügig, würde Tante Pearl mit Tante Amber plappern, die eine Top-Managerin von WICCA war. Tante Amber würde darauf bestehen, ihre regelbrechende Nichte als Beispiel für die gesamte WICCA-Mitgliedschaft hochzuhalten. Ich würde vor der ganzen Hexengemeinde öffentlich gedemütigt werden. Kein Risiko, das ich eingehen wollte.

Ich war mehr als alles andere als wütend auf mich selbst. Ich hatte genügend Zeit gehabt, Gewicht zu verlieren, und ich hatte es vermasselt. Meine Zeit war abgelaufen.

Wenn ich nicht etwa ein Pfund pro Stunde verlor, würde es einfach nicht passieren.

Ich erinnerte mich an dieses wunderschöne rote Kleid, das in meinem Schrank hing, ein ärmelloses rotes Seidenkleid mit einem Saum in der Mitte der Wade und sich meinen Kurven an den richtigen Stellen anschmiegte. Zumindest, als ich es vor Weihnachten mit offenem Rückenreißverschluss anprobiert hatte. Ich hatte es damals schon nicht geschafft, es zuzumachen, und jetzt war es noch enger. Tatsächlich rutschte es kaum über meine Hüften. Das Kleid war eines dieser zeitlosen Stücke, die in jedem Jahrzehnt modisch aussehen würden. Der runde Ausschnitt war mit winzigen handgenähten Kristallperlen geschmückt, die das Licht reflektierten und zu meinem hellen Teint passten.

Mein Spontankauf bei Bunny's Key to Fashion, dem einzigen Damenbekleidungsgeschäft von Westwick Corners, war ein Fehler gewesen. Jetzt wurde mir klar, dass Bunnys Komplimente nur ein Trick waren, um ihr Inventar zu veräußern. Ich könnte unmöglich unglaublich gut aussehen in einem Kleid, das ich nicht einmal mit einem Reißverschluss schließen könnte. Bunny hatte gelogen. Aber ob es mir gefiel oder nicht, das Kleid gehörte jetzt mir. Es war auch das einzige antragswürdige Kleid, das ich besaß, und ich war fest entschlossen, es zu tragen. Dazu brauchte ich entweder magische Änderungen oder einen nicht-magischen Backup-Plan.

Oma Vi las wieder einmal meine Gedanken. »Cen! Irgendwelche Neuigkeiten?«

»Nee. Ich starrte auf den Boden, in der Hoffnung, dass Mama und Tante Pearl Oma Vi's Hinweis nicht aufgreifen würden. Ihre Gedankenlesefähigkeiten waren meist sehr nervig und ich ärgerte mich wirklich darüber, dass sie in meine geheimsten Gedanken eindrang. Ich würde meine lebensverändernden Neuigkeiten nach dem morgigen Abend mitteilen, nachdem Tyler um meine Hand angehalten hatte.

Ich könnte mir nicht vorstellen, mein Leben mit jemand anderem zu verbringen. Tyler und ich waren füreinander bestimmt und zumindest für mich war es Liebe auf den ersten Blick. Ein zusätzlicher Pluspunkt war, dass Tyler meine verrückte Familie vollkommen akzeptierte, auch wenn Tante Pearl ihn als ihren Erzfeind betrachtete.

Mama deckte den Muffinkorb mit einem Geschirrtuch zu und trug ihn zur Hintertür. Sie schlüpfte in die Clogs und griff nach der Türklinke.

Oma Vi schwebte vor Mama und versperrte ihr den Weg. Sie deutete in die entgegengesetzte Richtung. »Das Esszimmer ist dort entlang, Ruby. Wo gehst du denn mit diesen Muffins hin?«

Mama räusperte sich und sah sich nervös um. »Ich, äh … bringe sie zur Rocklin Villa.«

Oma Vi schnaubte. »Wieso? Das ist ein verlassener Ort. Da wohnt schon seit Jahrzehnten niemand mehr.«

Mama holte tief Luft. »Nun, das wird sich bald ändern.«

»Hat jemand das Haus gekauft?« So lange ich mich erinnern konnte, hatte die Rocklin Villa leergestanden, lange bevor unser Immobilienmarkt endgültig zusammengebrochen war. Seit Jahren kursierten Gerüchte, dass es dort spuken würde, und die meisten Leute in der Stadt gaben sich alle Mühe, diesen Ort zu meiden. Ob es spukte oder nicht, Neuankömmlinge in der Stadt waren immer eine große Neuigkeit, also wieso machte Mama ein solches Geheimnis daraus?

Mamas Hand umklammerte den Türgriff fester, aber sie sagte kein Wort. Musste sie auch nicht. Ihre Augen blickten auf den Boden, als wäre sie bei einer Lüge ertappt worden.

Oma Vis Aura wurde dunkelrot, ein sicheres Zeichen dafür, dass sie wütend war. »Warum sollte jemand dort wohnen wollen?«

Mama sah auf die Uhr. »Komm mit, Cen.« Ich erkläre dir alles, sobald wir dort sind.«

Tante Pearls Augen verengten sich. »Was erklären, Ruby? Du weißt, dass dieser Ort verflucht ist.«

Mama öffnete die Tür einen Spalt. »Ich bin schon spät dran. Cen, kommst du?«

»Ich kann nicht, Mama. Ich muss die Valentinstagsausgabe der Zeitung herausgeben.«

Ich hatte ein paar Last-Minute-Aufgaben, bevor ich die Sonderausgabe veröffentlichte. Sie war randvoll mit Romantik, Rezepten und geheimen Valentinsgrüßen.

Dieses Jahr gab es doppelt so viele Valentinsbotschaften wie letztes Jahr, was es zu einer meiner profitabelsten Ausgaben machte. Es gab Nachrichten von heimlichen Verehrern, aktuellen und Möchtegern-

Freundinnen und -Freunden, und das süßeste von allem war eine ganze Seite mit Valentinsgrüßen, die von Kindern der örtlichen Grundschule gezeichnet wurden. Aber ein ganz besonderer Valentinsgruß hob sich von den anderen ab. Eine anonyme Person, – ich vermutete, dass es sich um einen Mann handelte – hatte eine ganzseitige Anzeige für seine noch namenlose heimliche Geliebte aufgegeben.

Sein Wunsch war nicht der einzige anonyme Valentinstagswunsch. Es gab viele andere, und die Leute machten sich einen Spaß daraus, zu erraten, wer die Absender und die Empfänger waren. Aber ich wusste immer, wer für die Anzeigen bezahlt hatte. Bis auf den Käufer der diesjährigen ganzseitigen Anzeige, der mir ein Rätsel blieb. Die einzigen Hinweise waren ein unter meiner Bürotür durchgeschobener Umschlag mit dem Valentinstagswunsch und einer sehr großzügigen Barzahlung.

Eigentlich zu großzügig. Das Geld reichte aus, um meine Ausgaben für den gesamten Monat und einen Teil des nächsten zu decken. Während ich dankbar war, noch ein paar Monate schwarze Zahlen zu schreiben, machte ich mir Sorgen, dass mein anonymer Kunde irrtümlicherweise zu viel bezahlt hatte, und ich wollte die Dinge richtig stellen. Mehr als alles andere wollte ich jedoch wirklich wissen, wer dieser süße, romantische Gratulant war.

Der Wunsch war sentimental, aber zu allgemein, um den Absender zu erraten, und meine Neugier war geweckt.

Tante Pearl prustete. »Niemand liest deine Zeitung, Cen. Hör auf, deine Zeit zu vergeuden.«

»Du hast unrecht. Du wärst erstaunt, wenn du wüsstest, wie beliebt meine Zeitung tatsächlich ist.« Ich hatte Tante Pearls konstante Erniedrigungen satt. Eine der Valentinsbotschaften kam von Tante Pearls Freund Earl. Ich konnte es kaum erwarten, ihren Gesichtsausdruck zu sehen, wenn ich ihr das Gegenteil bewies.

»Das Einzige, was mich erstaunt ist, wie du es geschafft hast, diesen geldverlierenden lösungsmittelhaltigen Lappen so lange aufrecht zu erhalten. Wenn du mich fragst, Zeit- und Geldverschwendung.«

»Nun, es fragt dich aber niemand und du wirst meine Valentinstagsausgabe nicht verpassen wollen.« So sehr ich meine Tante liebte, konnte ich nicht ergründen, was dieser nette Mann in ihr sah. Er war höflich, entspannt und freundlich zu allen. Mit anderen Worten, Earl war das genaue Gegenteil von Tante Pearl.

»Keine Chance, Cen.« Tante Pearl winkte ab. »Ich habe keine Zeit für diesen sentimentalen Schnickschnack.«

Ich hatte diese Woche Überstunden gemacht, um alle Valentinsbotschaften noch einmal zu lesen, nicht weil ich musste, sondern einfach, weil sie mich zum Lächeln brachten. Es gibt wirklich eine Fülle von Liebe auf dieser Welt. Sie wirbelt überall um uns herum, unsichtbar, es sei denn, wir hören und suchen danach. Pech, schlechte Laune und Missverständnisse sind nur vorübergehende Hindernisse. Aber allzu oft überwinden wir die Barrieren nicht und die Liebe geht verloren. Ich glaube wirklich, dass Freundlichkeit und Güte gewinnt, solange wir sie zulassen. Die Valentinsbotschaften haben meinen Glauben nur bekräftigt.

Die meisten Menschen sind gut im Herzen, aber einige brauchen einen Schubs, sogar einen Klaps, um ihre Liebe auszudrücken. Es gibt nichts Besseres als einen Valentinsgruß, um unser Herz wieder in Schwung zu bringen. Ich stellte mir schon die vielen lächelnden Gesichter vor, wenn die Leute ihren Morgenkaffee schlürften und die eine besondere Valentinstagsbotschaft entdeckten, die speziell für sie bestimmt war. Manchmal war das Leben beschissen, aber die Liebe siegte immer. Sofern du sie zulässt.

»Okay Mama, lass uns gehen.« Mit Tante Pearl zu streiten war sinnlos, und ich hatte keine Zeit zu verlieren. Es verzögerte praktischerweise meine Kleideranprobe und verzögerte meine Angst vor der Wahrheit, die ich nur zu gut kannte. Mein Kleid würde nicht passen, egal was ich tat.

»Gut, denn wir sind schon spät dran.« Mama führte mich durch die Hintertür.

Wir gingen gerade noch rechtzeitig um das Grundstück herum, um zu sehen, wie Lucky vom Beifahrersitz seines rostigen, verbeulten grünen Ford-Pickups rutschte. Er taumelte ein paar Schritte, bevor er stehen blieb und uns anstarrte. Sein Haar war zerzaust, als wäre er gerade aufgewacht. Er trug einen förmlichen, aber zerknitterten Smoking, in dem er wohl eingeschlafen war. Die Jacke war aufgeknöpft und sein Hemd herausgezogen.

»Hallo meine Damen.« Er begrüßte uns und stolperte auf die Witching Post Bar and Grill am anderen Ende des Parkplatzes zu.

»Der Mann muss verschwinden«, murmelte Mama und winkte halbherzig.

»Er ist ja jetzt schon betrunken«, flüsterte ich. »Er sollte kein Auto fahren.«

Mama seufzte. »So geht das nicht weiter. Irgendwann ...«

»Happy Hour am Mittag, – nicht vergessen!« Lucky schwankte, als er mit dem Finger auf uns zeigte.

»Hast du was erzählt?«

»Nein«, sagte ich.

Er nickte und setzte seinen Weg über den Parkplatz fort, bis er den Vordereingang der Bar erreichte. Er drehte den Griff, ohne vorher seinen Schlüssel zu benutzen. Er drehte sich um und winkte, bevor er hineinging.

Eine unverschlossene Bar mit Gratisalkohol war ein sicherer Weg in den Bankrott. Lucky war eine Bürde und Mama hatte auch mit etwas anderem recht. Wir brauchten neue Wege, um Geld zu verdienen, auch wenn Tante Pearl und Oma Vi anderer Meinung waren. Wie die Rocklin-Villa in Mamas Pläne einfließen konnte, war ein Rätsel. Ich hatte keine Ahnung, warum Oma Vi und Tante Pearl so gegen unseren Besuch waren, aber ich war dabei, es herauszufinden.

KAPITEL 2

Es war ein kalter, frischer Februarmorgen, und die niedrigen Wolken drohten mit Schnee. Ich lehnte mich auf dem Beifahrersitz des Subaru zurück und war dankbar, dass Mama die Heizung voll aufgedreht hatte. Die warme Luft befreite einen breiten Bogen über dem frostigen Glas, während die Windschutzscheibe langsam enteiste.

Im Auto war die Stimmung alles andere als warm und gemütlich.

»Was meinst du damit, du hast die Rocklin Villa vermietet?«, fragte ich. »Ich weiß, dass wir das Geld brauchen, aber du kannst doch nicht einfach ein Haus vermieten, dass dir nicht gehört. Das ist Hausfriedensbruch. Außerdem ist es illegal.«

Mama schüttelte den Kopf. »Das ist völlig in Ordnung. Da wohnt schon seit Jahren niemand mehr. Ich werde es in einem besseren Zustand zurücklassen, als ich es vorgefunden habe, und niemand wird es erfahren.«

»Mama, das ist im Grunde genommen Diebstahl. Wenn du keine Erlaubnis von den Eigentümern hast ...«

Mama unterbrach mich. »Besitz ist neunzehntel des Gesetzes, Cen.«

»Nein, ist es nicht. Wie können wir ein weiteres Grundstück

verwalten, Mama? Tante Pearl kümmert sich nicht mehr um die Pension und Lucky kostet uns mehr Geld, als er einbringt.«

»Es wird alles klappen, mach dir keine Sorgen«, sagte Mama fröhlich. Es war ein ruhiger Samstagmorgen, als wir durch die Innenstadt von Westwick Corners fuhren, und die Geschäfte in der Stadt hatten noch geschlossen. Die Straßen waren größtenteils leer, mit wenigen Anzeichen von Autos oder Menschen. Ich entdeckte Tylers Jeep, der vor dem Rathaus geparkt war. Er war ein Morgenmensch und stand gerne früh auf. In unserer Stadt gab es nicht viel Kriminalität, aber Tyler hatte als einziger Ordnungshüter der Stadt immer etwas zu tun.

Ich wollte seiner ohnehin schon langen Liste polizeilicher Pflichten nicht noch mehr hinzufügen, alles nur wegen Mamas hirnrissigem – und illegalem – Plan. Meine Gedanken wanderten zu unserer morgigen Verabredung zum Valentinstag. Ich würde mein rotes Seidenkleid und Tyler einen Anzug tragen, seine Hand läge auf meiner, während wir uns in unserem Lieblingsrestaurant über einen von Kerzen beleuchteten Tisch hinweg anstarrten. Sein Versprechen von etwas Besonderem ließ mich staunen und hoffen. Wir hatten bereits über Heirat gesprochen. Könnte es wirklich ein Verlobungsring sein? Ich war aufgeregt und nervös zugleich. Unser Leben sollte sich ändern und ich konnte es kaum erwarten.

Wir kamen rechts an Molly's Café und Bistro vorbei, wo ein paar Fahrzeuge, hauptsächlich Pickups, davor geparkt waren. Das warme goldene Licht aus dem gemütlichen Innenraum des Restaurants ergoss sich auf die frostbedeckte Landschaft draußen. Ich drehte mich auf meinem Sitz zur Seite, um zu sehen, ob jemand, den ich kannte, drinnen war, aber es war unmöglich zu sagen.

Mama richtete ihren Blick von der Straße vor mir auf mich.

»Unsere neuen Gäste haben aus heiterem Himmel angerufen. Ich konnte sie nicht abweisen und die Pension war nicht groß genug. Da es meilenweit keine anderen Unterkünfte gibt, musste ich mir einen Alternativplan einfallen lassen. So ist mir die Idee mit der Rocklin-Villa gekommen.«

Ich zog die Stirn in Falten. »Du hast es nach all den Jahren geschafft, die Rocklins zu kontaktieren?« Die Rocklins waren die

›andere‹ Hexenfamilie der Stadt. Zumindest war sie das gewesen, bis sie die Stadt unter mysteriösen und ungeklärten Umständen in aller Eile verlassen hatte. Es geschah Jahre vor meiner Geburt, und seitdem stand das Herrenhaus leer, war verfallen, unbewohnt und ungeliebt.

Stille.

»Warum dieser Ort, Mama? Es gibt gute Gründe, warum dieser Ort verlassen ist. Es ist eine Müllhalde.«

»Ich brauchte einen geräumigen Ort und dieser Ort ist groß und stand einfach leer. Da die Villa seit Jahren verlassen ist, interessiert es niemanden, wenn ich es für eine Woche übernehme. Sie war einmal schön und ich habe sie zu seinem früheren Glanz restauriert. Tatsächlich ist sie besser als je zuvor. Ein Gewinn für alle.«

Mama richtete ihren Blick von der Straße vor mir auf mich.

Es sah Mama gar nicht ähnlich, das Gesetz zu brechen oder die Eigentumsrechte von jemandem zu verletzen. Und dennoch hatte sie es getan und beschlagnahmte tatsächlich das Eigentum eines anderen, um es an Fremde zu vermieten. Alles im Namen des Profits. Ihre Handlungen waren völlig untypisch. Ein Teil von mir wollte nichts sagen und sich aus Schwierigkeiten heraushalten, aber als eine West war ich bereits als Mitwisserin schuldig.

»Du kannst nicht das Privateigentum von jemandem an dich reißen, Mama. Ich kann auch keine weiteren Aufgaben mehr bewältigen.«

Zwischen meiner Zeitung und meinen vielen Jobs in der Pension war ich an meine Belastungsgrenze gestoßen.

Mamas schleichende Übernahme würde klein anfangen. Aus einer Woche würden zwei und aus zwei Wochen ein Monat, in dem sie illegal ein Eigentum besetzte, das ihr nicht gehörte. Tante Pearl war nicht die einzige Gesetzesbrecherin in der Familie. Sobald Tyler es herausfände, würde er es sich vielleicht noch einmal überlegen, ob er als Sheriff in eine Familie von Kriminellen einheiraten wollte oder nicht.

Während ich so auf dem Beifahrersitz sinnierte, nahm ich im Rückspiegel eine Bewegung wahr.

Mama muss es auch gesehen haben, denn sie schaute ebenfalls in den Rückspiegel. »Ich konnte den Besitzer nicht finden, aber meine Renovierungsarbeiten sind Bezahlung genug.«

Eine Stimme zischte vom Rücksitz. »Mach es rückgängig, Ruby!«

Ich hatte zu viel Angst, mich umzudrehen und unseren Carjacker zu konfrontieren. Stattdessen schrie ich. »Tu uns nicht weh!«

Mama schwenkte scharf auf den Seitenstreifen der Straße. Das Auto schwankte, kam vom Straßenpflaster ab, neigte sich und kippte wie verrückt und überschlug sich fast. Gerade noch rechtzeitig hatte Mama die Kontrolle wiedererlangt und steuerte es zurück auf den Asphalt. Die Aufhängung des Autos dröhnte, als es auf dem Straßenpflaster wieder Bodenhaftung erlangte.

»Du bist übertrieben dramatisch, Cen. Entspann dich.«

Oma Vi schwebte zwischen uns und direkt über der Mittelkonsole.

»Du solltest das besser nicht durchziehen, Ruby.«

»Du hast uns halb zu Tode erschreckt, Oma. Mama hätte jemanden anfahren können.«

Mama funkelte mich an. »Mach dich nicht lächerlich! Ich bin eine ausgezeichnete Fahrerin.

Oma Vi schüttelte den Kopf. »Du hättest uns fast umgebracht! Gute Sache, dass sonst niemand so früh unterwegs ist.«

Ich habe vielleicht schon darauf hingewiesen, dass Oma Vi ein Geist und daher bereits tot ist.

»Hör auf, ein Rücksitzfahrer zu sein, oder ich halte an und ich werde … ich werde …«

»Du wirst was tun, Ruby? Mich rausschmeißen und laufen lassen?« Oma Vi lachte. »Geister laufen nicht. Du kannst mich also zu gar nichts bewegen. Der Rocklin-Fluch ist eine ernste Angelegenheit. Wenn wir dieses Versprechen brechen, wird die Hölle los sein.«

»Welcher Fluch?« Einbrechen und Eindringen war schon schlimm genug, aber ein Fluch? Ich konnte nicht noch mehr schlechte Nachrichten verkraften.

Oma Vis Kinnlade klappte herunter. »Du hast es Cen nie erzählt?«

»Mir was erzählt?« Mein Blick wanderte von Oma Vi auf dem Rücksitz zu Mama.

Mama starrte geradeaus, anstatt meinem Blick zu begegnen.

»Du glaubst doch nicht an dumme Flüche, oder, Cen?«

»Natürlich glaube ich an Flüche, Mama! Ein Fluch mit einem anderen Namen ist ein bösartiger, langanhaltender Zauber, richtig? Im Grunde ist es böse Hexerei.«

»Nun, technisch gesehen ja, aber diese ganze Fluchsache ist Unsinn. Warum kritisieren alle, wenn ich einen Weg finde, unseren Lebensunterhalt zu verdienen?«

Ich wollte ihre Gefühle nicht verletzen. »Das tue ich nicht, Mama. Ich bin nur etwas …«

»Etwas, – besorgt? Du machst dir ständig Sorgen über Dinge, die nie eintreten, Cen.« Mama starrte auf die Straße vor ihnen und blinzelte Tränen zurück. Sie fuhr schneller.

»Langsamer, Mama. Was hat es mit diesem Fluch auf sich?«

Hausfriedensbruch war eine Sache. Ein echter Fluch war eine andere.

»Das ist doch kein Problem«, sagte Mama.

»Sag Cen die Wahrheit, Ruby«, rief Grandma Vi. »Ihre gierigen Handlungen haben einen Fluch ausgelöst, der uns allen schadet.«

Mama funkelte Oma Vi durch den Rückspiegel an. »Ist es Gier, ein Dach über dem Kopf zu bauen? Ist Geld zum Essen Gier? Ich sehe niemanden, der zu unseren Ausgaben beiträgt.«

»Augen auf die Straße, Ruby«, sagte Oma Vi knapp.

Mama runzelte die Stirn und drückte aufs Gaspedal.

Mein Kopf knallte durch die G-Kraft gegen die Kopfstütze.

»Was passiert mit uns, wenn der Fluch aktiviert wird?« Ich stellte mir das Schlimmste vor. Würden wir verletzt oder sogar getötet werden? Würden die Rocklins zurückkehren, um sich an uns zu rächen? Würde die Stadt zu Asche niederbrennen?

Mama seufzte. Wir reden später darüber.«

Oma Vi stöhnte auf dem Rücksitz. Ob sie mit Mamas Kommentar, dem Fahren oder beidem nicht einverstanden war, schien nicht klar zu sein.

Ich starrte aus dem Beifahrerfenster und war krank vor Angst. Ich mochte es nicht, mit Mama zu streiten, aber was sie tat, ergab keinen Sinn.

Mama blickte zu mir rüber und sagte beruhigend: »Das ist Jahrzehnte her, Cen. Wenn es den Fluch tatsächlich gegeben hätte, wäre inzwischen etwas passiert.«

Oma Vi stöhnte auf dem Rücksitz. »Dank dir ist der Fluch reaktiviert worden. Wir wissen es nur noch nicht.«

Ich drehte mich um. »Du bist mir eine Erklärung schuldig. Wie kann ich mich schützen, wenn ich nicht weiß, worum es bei dem Fluch geht?«

»Es ist kein Grund zur Besorgnis. Ich habe mich um alles gekümmert.« Mamas Stimme war schroff. Ihre Knöchel wurden weiß, als ihre Finger das Lenkrad noch fester umklammerten.

Oma Vi stieß einen schweren Seufzer aus. »Cen verdient es, von dem Fluch zu erfahren, Ruby. Immerhin ist sie eine Zielscheibe.«

KAPITEL 3

»Warum betrifft mich der Fluch? Ich habe nichts getan, um so etwas zu verdienen.« Wenn ich das Ziel eines übernatürlichen Anschlags war, brauchte ich Schutz. Wie könnte ich mich vor etwas schützen, von dem ich nichts wusste?

Oma Vi sagte: »Es ist nicht fair, Cen, aber jedes Familienmitglied der Wests ist eine Zielscheibe. Die Wests und die Rocklins reichen weit zurück. Wir waren einmal Verbündete, aber das hat sich für immer geändert.«

»Geändert durch was?«, stöhnte Mama. »Ignoriere sie einfach, Cen. Sie weiß nicht, wovon sie redet.«

Wir erreichten den Stadtrand und die Umgebung wurde ländlich. Das üppige Ackerland verwandelte sich in trockene Weinberge und schließlich in Wald, als sich die Straße aus dem Tal und in die umliegenden Ausläufer schlängelte.

Die Hügel waren einst ein wohlhabendes Gebiet mit Landgütern, bevor der wirtschaftliche Niedergang das Schicksal vieler Menschen ins Gegenteil kehrte. Das Geschäftsleben hat sich nie wieder erholt und viele der großen Anwesen wurden einfach aufgegeben, zu teuer für die Instandhaltung. Vermögende kamen und gingen, aber meistens verließen sie endgültig die Stadt und kehrten nie wieder zurück.

Oma Vi, die die ganze Zeit über auf dem Rücksitz geschmollt hatte, brach endlich die Stille. »Du hättest es Cen, sagen sollen, Ruby. Du hast sie, – und uns alle – in Gefahr gebracht.«

»Gefahr? Mama, stimmt das?«

Mama ignorierte mich und drehte das Radio so laut, dass das ganze Auto von dem dröhnenden Bass vibrierte. Es war ein Hardrock-Song mit schwerem Bass und einem kreischenden männlichen Leadsänger. Ich hielt mir die Ohren zu, aber seine Stimme knirschte und hallte durch jeden Knochen in meinem Körper. Seit wann hörte Mama Heavy Metal?

Plötzlich verstummte das Radio.

Ich nahm die Hände von den Ohren, dankbar, dass die Musik aufgehört hatte. Meine Erleichterung dauerte nur den Bruchteil einer Sekunde. Dann flogen Funken vom Armaturenbrett, das Radio qualmte und fing Feuer.

Was, wenn es sich ausbreitet? Würde der Benzintank explodieren?

»Der Fluch!« rief ich aus. »Oh mein Gott, es geht schon los.«

»Mach dich doch nicht lächerlich, Cen.« Mama nahm eine Hand vom Lenkrad und schlug mit der flachen Hand gegen die Flammen. »Jetzt hilf mir, das Feuer zu löschen.«

Ich drückte ihre Hand weg, als das Auto über die Mittellinie raste.

»Pass auf die Fahrbahn auf.«

Ich sah mich nach etwas um, mit dem ich die Flammen ersticken könnte, aber das einzige, was griffbereit war, war meine Handtasche. Ich schlug sie gegen das Armaturenbrett in einem vergeblichen Versuch, das Feuer zu löschen, aber die Flammen wurden größer und meine schmelzende Handtasche klebte mir an den Fingerspitzen.

Ich riss meine Hand weg, aber es war zu spät. Meine Finger brannten von den Flammen und meine Handtasche hatte sich zu einer klebrigen Masse verflüssigt. Das Feuer war echt, aber meine sogenannte Echtleder-Handtasche war es nicht.

Während die Flammen knisterten und funkelten, murmelte Oma Vi leise einen Zauberspruch und löschte das Feuer mit einer Bewegung ihres gespenstischen Arms. »Ogottogott, das war heftig! Hör auf mit dem Mist, Ruby. Keine Ablenkungen und kein Drama mehr.«

»Das sagt die Richtige. Ein Geist, der sich nicht um seine eigenen Angelegenheiten kümmert.« Mama biss sich auf die Lippe und kämpfte mit den Tränen.

»Hört auf zu streiten.« Ich warf einen Blick auf meinen Schoß, wo noch immer ein großer Brandfleck auf meiner Handtasche schwelte. Sie war buchstäblich getoastet. Ich hätte einen Zauberspruch wirken sollen, anstatt meine Handtasche zu benutzen, aber Mamas uncharakteristisches Verhalten machte mir Angst. Genau wie Oma Vi, die dieses Feuer gelegt hatte.

»Du hast das Auto angezündet! Apropos Drama!« Mama hustete, als sie den Rauch wegwedelte.

Oma Vi räusperte sich. »Früher war Zaubern so einfach. Mannomann, bin ich außer Form.«

»Du hast mir doch gesagt, dass Geister nicht zaubern können ...« Oma Vi hatte immer Tante Pearl für die regelmäßigen Spukaktionen in unserer Pension verantwortlich gemacht und behauptet, sie hätte ihre Hexenkräfte verloren. Wahrheit schien in meiner Familie Mangelware zu sein.

»Ich hebe meine Zaubersprüche für Notfälle auf, wie diese Situation, in der wir uns gerade befinden. Nur so konnte ich deine Aufmerksamkeit erregen.« Oma Vi schwebte zur Sitzlehne und verharrte zwischen Mama und mir.

»Wenn Ruby dir nichts von dem Fluch erzählt, dann werde ich es tun. Hör gut zu, denn dein Leben hängt davon ab.«

»Gut.« Mama und Oma Vi haben sich früher nie gestritten. Mama hatte irgendwie einen uralten Fluch aktiviert, von dem ich nichts wusste, und Oma Vi hatte das Auto in Brand gesteckt. Ich war verwirrt, weil alles das Gegenteil von normal und Tante Pearl ausnahmsweise einmal nicht daran beteiligt war.

»Es waren einmal zwei Fam ...«

»Das ist kein Märchen«, fauchte Mama.

»Gut, Ruby! Ganz nach Deinem Geschmack!«, sagte Oma Vi. »Vor langer Zeit, als ich noch ein kleines Kind war, wurden den Rocklins und den Wests jeweils übernatürliche Kräfte verliehen. Gleiche Kräfte. Gemeinsam schützten die beiden Familien den

Vortex vor unappetitlichen Gestalten und verbargen ihn vor Uneingeweihten.«

»Der Vortex ist der Grund, warum wir Hexen sind?« Ich habe mich immer gefragt, warum wir übernatürliche Kräfte besitzen und andere nicht. Als ich aufwuchs, blieben meine Fragen immer unbeantwortet. Irgendwann habe ich einfach aufgehört zu fragen.

Oma Vi schnaubte. »Wir haben zugestimmt, Hüter des Vortex zu sein. Im Gegenzug erhielten wir Zauberkräfte.«

Obwohl ich wenig über die Quelle unserer Hexentalente wusste, hatte ich mehr Ahnung vom Vortex. Ich war sogar einmal darin. Der Vortex von Westwick Corners war eine kleinere Version anderer irdischer Energiewirbel, wie Sedona, Arizona, und der berühmteste Energiewirbel von allen, Stonehenge. Unserer war weniger bekannt, aber wie jeder der sieben Energiewirbel der Erde, war er eine Quelle übernatürlicher Kraft für jeden, der sich in der Nähe befand. Er gewährte besondere Kräfte, sogar Reisen durch Portale zu anderen Zeiten und Orten.

Jede Hexe mit Selbstachtung kannte den Vortex von Westwick Corners. Es belebte die schwindenden Kräfte einer Hexe wieder, wie ein übernatürlicher Jungbrunnen. Es war wie Zauberei auf Steroiden. Aber diese Energiewirbel hatten auch eine Kehrseite, wenn man nicht aufpasste. Ihre Kräfte konnten entweder zum Guten oder zum Bösen genutzt werden, und ein Vortex, der in die falschen Hände geriet, konnte unkalkulierbaren Schaden anrichten. Als Wächter war es unsere Aufgabe, den Vortex zu beschützen. Im Gegenzug wurden uns übernatürliche Kräfte verliehen.«

Die Menschen lehnten Energiewirbel im Allgemeinen als historische Orte heidnischer Rituale oder metaphysischen New-Age-Unsinn ab. Unser Vortex war relativ unbekannt und hatte nur wenige Besucher, daher waren wir mit der Zeit selbstzufrieden geworden. Vor einigen Jahren hatten wir die Aufmerksamkeit einer bösartigen Hexe auf uns gezogen, als wir auf der Suche nach Touristen waren. Tonya Plante hatte beinahe die Kontrolle über den Vortex übernommen. Zum Glück haben wir ihre Pläne, es in ein Luxus-Resort zu verwandeln, zunichte gemacht. Unsere Nachlässigkeit und Verzweiflung hatten damals noch keinen Fluch aktiviert. Warum sollte das jetzt anderes sein?

»Ich war von Geburt an verpflichtet, den Vortex zu bewachen. Ich hatte keine Wahl. Jetzt bin ich von einem Fluch heimgesucht, von dem ich nichts weiß?« Ich lehnte mich zurück und verschränkte die Arme. Meine Zukunft war ohne mein Zutun entschieden worden, was völlig inakzeptabel war. Gab es einen Teil meines Schicksals, der nicht vorbestimmt war?

»Das ist keine große Sache, Cen«, sagte Mama fröhlich. »Gemeinsam bewachen wir diesen kleinen Vortex, den sonst niemand jemals besucht. Dafür erhalten wir übernatürliche Kräfte, mit denen wir machen können, was wir wollen. Das ist eine ziemlich gute Sache.«

»Gut, ich kündige«, sagte ich. »Eine Hexe zu sein ist eher eine Last als ein Vorteil.«

»Du darfst nicht kündigen. Das ist erblich«, sagte Mama mit gespielter Heiterkeit in der Stimme. »Niemand, der bei klarem Verstand ist, hört auf, eine Hexe zu sein. Viele Frauen würden sofort mit dir tauschen.«

»Nun, sie können den Job gerne haben. Niemand kann mich zwingen, einen Job zu machen, um den ich nie gebeten habe.«

»Doch, das können sie, Cen. Wir haben auf Ewigkeit ein kollektives West-Familiengelübde abgelegt.« Mama gab wieder Gas.

»Wo sind diese Rocklin-Leute? Wie ist es möglich, dass sie kündigen konnten und wir nicht?«

Mama sagte: »Die Rocklins wurden, äh … verkleinert.«

»Ich will auch verkleinert werden.«

Mama holte tief Luft. »Glaub mir, Cen, du willst nicht verkleinert werden. Das Entfernen übernatürlicher Kräfte ist sehr unangenehm und kann nicht rückgängig gemacht werden. Der Vortex ist deine Berufung, eine lebenslange Verpflichtung. Schließ es in die Arme.«

Die einzige lebenslange Bindung, die ich wollte, war mit Tyler, weg von meiner verrückten Familie.

Oma Vi schwebte über Mamas rechter Schulter. »Sag ihr die

Wahrheit, Ruby. Erzähl ihr vom Krieg und warum wir die Kontrolle übernommen haben.«

»Warte mal – was? Die Wests haben gegen die Rocklins gekämpft?« Die ganze Zeit über glaubte ich, dass wir die einzigen Hausmeisterhexen waren, die den Vortex bewachten.

»Du hast mir immer noch nicht gesagt, wohin die Rocklins gegangen sind. Was verbergst du?«

»Sie wurden an einen streng geheimen Ort verbannt. Ich habe keine Ahnung wohin«, warf Oma Vi ein. »Was ich weiß, ist, dass sie jetzt wiederkommen werden. Die Aktionen deiner Mutter haben uns in Gefahr gebracht.«

»Wir alle müssen unseren Lebensunterhalt verdienen«, fauchte Mama. »Ich sehe nicht, dass du auf irgendeine Weise Geld erwirtschaftest.«

Oma Vis Stimme zitterte. »Lass mich in Ruhe, – ich bin tot! Ich habe mein ganzes Leben gearbeitet, um dich zu ernähren und zu kleiden, und alles, was ich bekomme, ist undankbare …«

Ich unterbrach sie. »Hört auf zu streiten. Mama, warum hast du mir mein ganzes Leben lang eine so grundlegende, relevante Tatsache vorenthalten?« Mama, Tante Pearl und sogar Oma Vi, – ich war wütend auf sie alle. Sie hatten mich all die Jahre betrogen.

Mama blickte verlegen zu mir hinüber. »Ich habe nur versucht, dich zu beschützen, Cen. Entschuldigung. Ich habe es dir nie gesagt, weil dieser Fluch eine uralte Geschichte ist. Weißt du, ich war noch ein Kind, als die Rocklin-Schlacht stattfand. Deine Oma war direkt beteiligt, also ist sie diejenige …«

»Hör auf, mich für alles verantwortlich zu machen, Ruby.«

Mama seufzte. »Oma kann dir die Geschichte erzählen. Aber vergiss nicht, – sie übertreibt.«

Oma Vi schnaubte. »Wenn Ruby nicht alle Regeln gebrochen hätte, gäbe es nichts zu sagen. Aber es ist ihr gutes Recht, von dem Fluch zu erfahren, da er ihr Leben stark beeinflusst.«

»Beeinflusst mich inwiefern? Sind wir in Gefahr vor den Rocklins?« Ich schluckte den Kloß in meinem Hals herunter, als mir dämmerte, dass Mama mich nicht immer aus der Gefahrenzone herausgehalten hatte.

»Allein den Namen Rocklin auszusprechen, könnte sie zurückholen und uns gefährden, Cen. Nenn sie ab jetzt einfach die schwarzen Hexen, okay?«

»Okay. Macht uns das zu den weißen Hexen?«, fragte ich.

Oma Vi nickte. »Irgendwie schon, obwohl Pearl sich in einer gewissen Grauzone befindet. Hexen werden genau wie normale Leute gierig. Als die schwarzen Hexen versuchten, den Vortex mit schwarzer Magie zu übernehmen, mussten wir handeln. Deshalb wurden zwei Hexenfamilien damit beauftragt, den Vortex gemeinsam zu beschützen: Die Wests und diese schwarzen Hexen. Man beauftragte uns, ehrlich zueinander zu bleiben. Es hatte eine Zeit lang funktioniert, aber dann brach unser Waffenstillstand und die Dinge wurden ziemlich grausam.«

Mama starrte mit versteinertem Gesicht und stumm wie ein Fisch geradeaus auf die Straße.

Oma Vi nickte. »Wir, die weißen Hexen, haben am Ende gesiegt. Wir haben mithilfe vieler weißer Hexen knapp gewonnen. Die gesamte Hexenwelt wurde destabilisiert, bis wir uns schließlich auf einen Pakt einigten. Die Rock, – ich meine, die schwarzen Hexen – behielten ihre übernatürlichen Kräfte, aber nur, wenn sie Westwick Corners und den Vortex sofort verließen. Sie hielten ihr Versprechen und gingen noch am selben Abend. Das ist mehr als fünfzig Jahre her.

»Die schwarzen Hexen können das, behalten ihre Hexenkräfte, aber wir können das nicht? Nun, das klingt nicht sehr fair.« Ich fragte mich, wie unser Versprechen lautete.

Stille.

»Das ist so lange her«, sagte Mama mit einer gespielten Fröhlichkeit. »Bis heute sind sie nie zurückgekehrt.«

»Das liegt daran, dass wir sie nicht verärgert haben, indem wir ihr Haus vermieten, Ruby.«

Mama zuckte mit den Schultern. »Sie wurden verbannt. Was nützt ihnen das Haus? Sie hätten das Haus einfach verkaufen sollen.«

Oma Vi glühte vor Wut in einem durchsichtigen Rot. »Dieses Haus gehört ihnen für immer, nicht dir. Ein Teil des Paktes besagte, dass sie unsere Familie mit einem Fluch belegen würden, sollten wir jemals einen Fuß auf ihr Land setzen oder versuchen, die absolute Macht an uns zu reißen. Deshalb ist ihr Haus immer noch verlassen, aber für eine mögliche Rückkehr bereit. Wenn wir den Pakt brechen, werden sie zurückkehren. Dann sind wir die Verbannten.«

Die Liebe meines Lebens, mein Geschäft und meine Seele waren fest in Westwick Corners verankert. Der Gedanke, Tyler, die Zeitung und das einzige Zuhause, das ich je gekannt hatte, zu verlassen, machte mir Angst. Ich zwang mich, nicht daran zu denken. Ich musste dieses Desaster stoppen, das uns Mama gerade eingebrockt hatte.

Mama wendete ihren Blick von der Straße ab und schaute mich an. »Die Rocklin-Villa hat so viel Potenzial. Es ist natürlich ein renovierungsbedürftiges Haus, aber mit ein wenig Muskelschmalz …«

»Ruby! Augen auf die Straße!«, schrie Oma Vi, als wir über die Mittellinie fuhren und in die Spur eines Sattelaufliegers rasten, der aus der anderen Richtung auf uns zukam.

Der LKW hupte und riss das Steuer zur Seite, um uns auszuweichen.

Ich packte den Türgriff und machte mich auf den Aufprall gefasst.

Mama fluchte leise, als sie das Auto zurück in die Spur lenkte und den Fuß vom Gaspedal nahm.

Nachdem die Kollision abgewendet war, drehte ich mich zu Oma Vi auf dem Rücksitz um.

Oma Vis Aura hatte sich zu einem tiefen Purpur verdunkelt. Sie keuchte in kurzen, schnellen Abständen und war eindeutig verärgert. »Unsere Familie steuert auf eine Katastrophe zu. Und solange du keine Kinder hast, nun ja … der Fortbestand der West-Familie ruht auf dir, Cen. Wir können nicht zulassen, dass die West-Familie ausstirbt.«

Warum wurde mein Bruder Alan nie diesen Verpflichtungen unterworfen? Er schien ihnen immer zu entkommen. Er lebte ein sorgloses Leben in London, England. Stimmt, er war nicht in einer Beziehung und hatte kein Interesse daran, Kinder zu haben. Als Mann hatte er nicht die Hexenkräfte, die die weiblichen Mitglieder

der Wests hatten. Trotzdem hatte er immer so ziemlich alles überstanden.

Grummel, grummel. Ich musste unbedingt aufhören, mir selbst leid zu tun.

Manchmal war es ein Fluch an sich, eine Hexe zu sein. Die Vorteile der Hexerei waren bekannt, aber selten. Niemand sprach über die täglichen Einschränkungen, denen wir folgen mussten. »Gibt es andere Möglichkeiten, wie wir äh … zu Schaden kommen könnten? Könnten sie uns umbringen?«

»Nicht direkt«, sagte Oma Vi. »Aber die Reaktivierung des Fluchs hat für jeden von uns das gleiche tödliche Unglück zur Folge. Zum letzten Mal, Ruby, kehr um. Ein Schritt in diese Rocklin-Villa und wir werden unser eigenes Todesurteil unterschreiben.«

»Werde ich nicht«, sagte Mama. »Aus dem Kampf ist viel Gutes hervorgekommen. WICCA wurde aus diesem Anlass gegründet. Davor war es wie im Wilden Westen, ohne Hexenregelung und ohne Verfassung und Gesetze, die uns regierten.«

»Das Brechen unseres Versprechens löst den Fluch aus, Ruby. Die schwarzen Hexen können und werden zurückkehren, um sich zu rächen. Sie werden uns alle vernichten, auch dich, Cen.«

»Aber ich war noch nicht einmal geboren, als es passierte.«

Oma Vi winkte ab. »Wir unterliegen alle den Entscheidungen, die viele Generationen vor uns getroffen haben, Cen. Es ist unfair, aber sie werden uns gegeneinander aufrühren, einen nach dem anderen. Es wird so allmählich geschehen, dass wir es nicht einmal bemerken werden, bevor es zu spät ist.«

Ein Angstgefühl übermannte mich. »So wie jetzt gerade, wo ihr beide miteinander streitet? Vielleicht ist der Fluch schon im vollen Gange.« Alles, was Mama tat, war so untypisch.

»Ja, Cen. Versuch du doch mal, deine Mutter zur Vernunft zu bringen. Es ist noch nicht zu spät für uns, einen Umkehrzauber auszusprechen, aber dazu müssen wir alle vereint sein. Selbst Tante Pearl.« Oma Vi schwebte sichtlich verstört zurück auf den Rücksitz.

»Mama, vielleicht hat Oma recht. Lass uns diesen Umkehrzauber machen.« Ich drehte mich zu Oma Vi auf dem Rücksitz um, aber ihre

Aura war bereits ins Nichts verblasst. Dieser ganze Streit war unerträglich.

Stille.

Es gab absolut keine Chance, das zu ändern. Wir fuhren zur Rocklin-Villa, und es gab kein Zurück mehr.

* * *

MAMA HIELT den Wagen vor zwei großen schwarzen schmiedeeisernen Toren an, die die Einfahrt zur Rocklin-Villa versperrten. In der Mitte des Rollwerks jedes Tors befand sich ein verziertes, in Kursivschrift geschriebenes ›R‹. Für die Familie mit dem unaussprechlichen Namen, nahm ich an.

Sie drehte sich wieder zu mir um. »Na, was meinst du?«

Fluch hin oder her, allein der Anblick verursachte mir Gänsehaut. Ich wollte nicht widersprechen, also sagte ich stattdessen: »Es sieht sehr elegant aus.«

Obwohl ich schon oft an der Villa vorbeigegangen war, hatte ich nie einen Blick hinter den drei Meter hohen Eisenzaun geworfen, der unter den Brombeersträuchern und dem englischen Efeu, der ihn wie ein Todesgriff erstickte, kaum sichtbar war. Jetzt war das Unkraut verschwunden, und der Zaun hatte einen frischen schwarzen Farbanstrich. Zwei Sicherheitskameras waren oben auf dem Zaun angebracht und zeichneten jeden auf, der durch oder in die Nähe der Tore ging.

An jeder Seite der Tore standen ein Paar zwei Meter hohe Pyramidenzedern und eine Ansammlung eingetopfter Winterstiefmütterchen in voller Blüte. Hier war offensichtlich Mamas Hexerei am Werk gewesen, obwohl sie anscheinend weder die Zeit noch die Lust gehabt hatte, den Frost von dem neu aussehenden Asphalt zu schmelzen. Aber es war Februar, und die eisige Auffahrt verlieh dem Ort zumindest einen Hauch von Authentizität.

Welche Geheimnisse auch immer hinter den verschlossenen Toren lagen, sie mussten noch etwas länger warten, da Mama anscheinend ihren Schlüssel vergessen hatte. Sie fluchte leise, als sie das Seitenfenster auf der Fahrerseite herunterließ und leise einen Zauberspruch flüsterte.

Als wir durch die Tore und die Einfahrt hinauffuhren, zog sich meine Brust zusammen. Ein Teil von mir wollte aus dem Auto springen und abhauen. Allerdings war ich neugierig und wollte die mysteriöse Rocklin-Villa aus der Nähe sehen. Wenn unser Familienfluch echt war, dann war er vermutlich bereits bei Mamas erstem Besuch in der Rocklin-Villa aktiviert worden. Für einen Rückzieher war es zu spät. Ich hatte immer noch die leise Hoffnung, dass Oma Vi ihre Geschichte erfunden hatte, um Mama ihr neustes Geschäft madigzumachen. Aber warum sollte sie das tun? Der Fluch konnte Oma Vi nicht direkt treffen, da sie bereits ein Geist war.

Oder vielleicht doch?

Wie seltsam, dass Oma Vi mit uns im Auto gefahren war. Ich hatte nur ein einziges Mal in Erinnerung, dass sie das Haus verlassen hatte, seit sie ein Geist geworden war, und zwar, weil wir uns in Lebensgefahr befanden. Was erneut der Fall war, sofern ihre Behauptung der Wahrheit entsprachen. Ich schauderte bei dem Gedanken. Ich hatte so viele Fragen, aber sie zu äußern, würde nur einen Streit provozieren, also schwieg ich, während wir uns die lange Einfahrt hinaufschlängelten.

Wir bogen um eine Kurve, und ich erhaschte einen flüchtigen Blick auf die Spitze eines steil geneigten Daches. Der Höhe nach zu urteilen, war das Herrenhaus mindestens drei Stockwerke hoch.

Ich stellte mir jeden einzelnen Raum vor, der plötzlich von seinen ehemaligen Bewohnern verlassen wurde, um nie wieder zurückzukehren. Durch die jahrelange Vernachlässigung setzten sich Spinnweben und Staub ab, einst neue Möbel waren staubig und verblasst. Mamas Zaubersprüche würden die Wohnung natürlich in etwas Vermietbares verwandeln. Wenn der Fluch keine große Angelegenheit war, warum hatte Mama so lange darüber geschwiegen? Tante Pearl und Oma Vi hatten beide Angst. Das beunruhigte mich, da sie sich selten einig waren.

Die Auffahrt machte noch einmal eine Biegung und plötzlich kam das Herrenhaus in Sicht. Das große dreistöckige Haus war mit seiner klassischen Architektur imposant und palastartig. Die sandgestrahlte Backsteinfassade wurde durch große weiße Säulen an einer Veranda entlang betont, die sich über die gesamte Breite des Hauses erstreckte. Große Flügelfenster befanden sich zu beiden Seiten einer Reihe großer Doppeleingangstüren. An jeder Seite des Eingangs standen spiralförmig beschnittene Topfpflanzen, die zur formalen Symmetrie beitrugen.

Sogar die Gärten sahen trotz des Winterwetters spektakulär aus. Sträucher, die die kreisförmige Einfahrt säumten, waren zu Formgehölzen, Bären, Adlern und anderen Kreaturen beschnitten worden. Die Landschaftsgestaltung fügte einen Hauch von Launenhaftigkeit hinzu, um der formalen Architektur entgegenzuwirken, und alles war mit einem leichten Schneestaub bedeckt. Dieser Ort bot die Atmosphäre eines glamourösen und doch modernen Anwesens, mit ein wenig Mystik wie in einer *Heim & Wohnen* Zeitschrift.

Zweifellos entstammten die Renovierungs- und Modernisierungsarbeiten von Mamas Zauberei und waren nicht das Resultat eines superschnell arbeitenden Bauunternehmens. Im Gegensatz zu Tante Pearls frivolem und manchmal rachsüchtigem Gebrauch von Hexerei hatten Mamas Zaubersprüche immer ein praktisches, – und oft wunderschönes – Ergebnis. Ich erinnerte mich an einige sehr magere Jahre in meiner Kindheit, als das Überleben unserer Familie stets von Mamas praktischer Zauberei abhing.

»Ist es nicht wunderschön, Cen? Es gehört uns.« Mama stieß einen zufriedenen Seufzer aus, als sie in der kreisförmigen Auffahrt hinter einem weißen Mercedes SUV parkte.

»Was meinst du mit ›uns‹? Du hast mir gesagt, dass du es nur für eine Woche gemietet hast.«

»Nein, du hast mich missverstanden. Ich sagte, wir hätten eine Woche lang Gäste. Ich habe diesen Ort für 'n Appel und 'n Ei gekauft. Versprich mir nur, dass du es Pearl nicht verrätst, denn sie ist schon sauer genug auf mich.«

»Du hast es von den Rocklins gekauft?« Ein williger Käufer und Verkäufer bedeutete sicherlich, dass es keinen Fluch gab.

»Äh … das ist völlig legal! Ich habe ein Eigentumsrecht an der Immobilie.«

»Aber Mama, – was ist mit dem Rocklin-Fluch? Du hast es ohne Rücksprache mit uns gekauft.«

»Hundert Prozent mein Geld, Cen. Ich verstehe nicht, warum ich irgendjemanden um Erlaubnis fragen muss.«

»Wegen des Fluches, darum Mama. Das betrifft uns alle.«

Mama lachte nervös. »Das glaubst du doch nicht wirklich, oder?«

»Fluch hin oder her, wie werden wir das alles unter einen Hut bringen? Das Anwesen ist sogar noch größer als die Pension und liegt meilenweit entfernt auf der anderen Seite der Stadt.« Es gab keine Möglichkeit, noch mehr Pflichten zu übernehmen. Mein Arbeitspensum war schon mehr als ausgefüllt.

Mama drehte sich zu mir um. »Wir reden später drüber. Du wirst du erst einmal unsere ganz speziellen Gäste kennenlernen, die gestern spät eingecheckt haben. Du wirst begeistert sein! Es sind berühmte Leute mit einem großen Bedarf an Privatsphäre, also versprich mir, dass du ihren Aufenthaltsort geheim hältst.«

»Wer sind diese Leute?« Warum sollte jemand, – geschweige denn wohlhabende Prominente – Westwick Corners für einen Urlaub mitten im Winter wählen? Vielleicht könnte ich wenigstens einen Zeitungsartikel davon machen.

»Das wirst du früh genug sehen. Folge mir.« Sie öffnete die Tür und stieg aus dem Auto.

Ich trug den Muffinkorb und folgte Mama über die Auffahrt zur Haustür. Als wir die Vordertreppe erreichten, schwang die Haustür auf.

Ich konnte das alles gar nicht glauben, was ich da sah.

KAPITEL 4

$\mathcal{M}$ama packte mich am Arm und flüsterte aufgeregt: »Unsere Gäste sind Steve und Serena McCoy, das heißeste Paar in Hollywood!«

Ich erstarrte auf der Stelle und schnappte nach Luft. *Die Real McCoys* Reality-TV-Show war die Nummer eins bei den Einschaltquoten. Obwohl ich die Sendung selbst nie gesehen hatte, erkannte ich das Paar sofort. Ihre Gesichter waren überall: In Werbespots, Boulevardzeitungen und in den sozialen Medien. Es war so gut wie unmöglich, *sie nicht* zu kennen.

Als ich meine Fassung wiedererlangt hatte, fragte ich: »Warum haben sie sich mitten im Winter für Westwick Corners entschieden? Wir sind nicht gerade die Riviera, und die Rocklin-Villa ist auch nicht das Waldorf Astoria.«

»Sie wollten etwas anderes, Cen. Einsamkeit und Privatsphäre.«

Das ergab keinen Sinn, - irgendwie. Steve McCoy war ein Anwalt, der auf Unfallmandate erpicht war und Unsummen verdiente, weil er Prozesse wegen Kunstfehlern in Höhe von mehreren Millionen Dollar gewann. Serena verdiente sogar noch mehr mit ihren Kosmetik-, Duft- und Modemarken. Dieser Erfolg hatte sich mit ihrer erfolgreichen Reality-Show exponentiell verändert.

Sie stießen häufig zusammen, während sie das Leben in vollen Zügen lebten. Die McCoys waren echte Zugunglücksfiguren, von denen die Leute nicht genug bekommen konnten. Ihre Beziehung war mehr Krieg als Frieden, und jeder Aspekt ihres Lebens war zu Geld gemacht worden. Ich vermutete, dass ihr eigentlicher Zweck darin bestand, eine Show zum Thema Valentinstag zu filmen.

Wenige Tage im Jahr sorgten für eine so romantische Achterbahnfahrt wie der Valentinstag. Ein Reality-Show-Paar mit einer stürmischen Beziehung war das perfekte Rezept für Menschen, die ihren eigenen Problemen entkommen wollten. Ich stellte mir vor, wie es ablaufen würde. Serena würde ein aufwendiges Geschenk erwarten und Steve würde es nicht liefern.

Mama zog heftig an meinem Arm. »Cen! Komm wieder zu dir!«

»Autsch!« Als ich mich umdrehte, um ihrem Griff zu entkommen, knackte meine Schulter. Der Schmerz holte mich wieder in die Realität zurück.

»Alles in Ordnung?«. An der kunstvoll geschnitzten Eichentür lehnte eine atemberaubend schöne Frau mit weißblondem Haar, das zu einem Pferdeschwanz zurückgebunden war. Serena McCoy trug einen hüftlangen Angorapullover über ausgebleichten Jeans und flauschigen weißen Hausschuhen. Trotz ihrer lässigen Kleidung hatte sie eine Aura um sich, eine starke Präsenz von etwas, das ich nicht genau quantifizieren konnte. Zum allerersten Mal habe ich ›Starpower‹ hautnah erlebt. Es war genauso magisch wie Hexerei.

Ich erlangte meine Fassung wieder und nickte, immer noch sprachlos.

»Ruby, ich bin so froh, dass wir dich gefunden haben. Wir lieben diesen Ort!«, sagte Serena McCoy, drückte ihre Handflächen zusammen und lächelte. Sie trat zurück und legte eine Hand auf die geschnitzte Tür, fuhr mit ihren Fingern über das komplizierte Muster aus ineinander verschlungenen Rosen und Blättern. »Dies ist solch ein spezieller Ort.«

Mama strahlte. »Sie sind unsere allerersten Gäste. Oh, das ist meine Tochter Cendrine. Ich hoffe, Sie haben nichts dagegen, dass ich sie mitbringe. Sie arbeitet im Familienunternehmen.«

Ich öffnete den Mund, war aber immer noch zu verblüfft, um zu sprechen. Hollywood war berühmt für seine schönen Menschen, aber diese Schönheit kam von einer Schar von Stylisten, Maskenbildnern und Garderobenberatern, die hinter den Kulissen ihre Magie entfalteten. Airbrush-Fotografien, optimale Beleuchtung und kreative Kinematografie verschleierten die Tatsache, dass Filmstars im wirklichen Leben oft schlichter, kleiner und schwerer waren.

Serena war eine bemerkenswerte Ausnahme. Im wirklichen Leben war sie sogar noch schöner und umwerfender, trotz aller offensichtlichen Make-up-Spuren. Ihre intensiven, smaragdgrünen Augen kontrastierten mit ihrem gebräunten, strahlenden Teint.

»Es gibt nichts Schöneres als mit der Familie zu arbeiten, aber auch nichts Schlimmeres.« Serena lachte und zeigte ein strahlend weißes Lächeln. Sie trat beiseite und bat uns einzutreten. Meine Damen, bleiben Sie doch nicht in der Kälte stehen, kommen Sie doch bitte herein.«

Wir traten in ein geräumiges Foyer mit Marmorboden. Links vom Foyer gab es eine breite Eichentreppe, die mit den gleichen ineinander verschlungenen Rosen- und Blattmustern geschnitzt war, das die Eingangstür zierte. Ob es Art Deco oder Jugendstil war, war ich mir nicht sicher, aber ich erkannte sofort Mamas Stil. Die Treppe führte zu einem langen, offenen Flur, von dem aus man den Eingangsbereich überblicken konnte.

Die gegenüberliegende Seite des Foyers führte in ein großes Wohnzimmer mit einem massiven Steinkamin. Der Kaminsims war ebenfalls mit dem gleichen Rosen- und Blattmotiv geschnitzt. Durch großzügige Zauberei war das verlassene Herrenhaus besser als neu restauriert worden, von den glänzenden Marmorböden bis zu den funkelnden Kristallleuchtern. Es gab weder Spinnennetze noch Wollmäuse. Seltsam für ein Haus, das Jahrzehnte leer stand.

»Es ist schön, sich nach acht langen Drehmonaten endlich zu entspannen.« Serena lächelte, als sie die Tür hinter uns schloss. »Nicht, dass ich mich beschwere. Vor sieben Jahren habe ich im Nate's House of Pancakes als Kellnerin gearbeitet.« Serenas Aufstieg zum Ruhm war eine Geschichte vom Tellerwäscher zum Millionär. Ihre

Ablehnung eines Zehntausend-Dollar-Trinkgelds von einem Kunden hatte sich herumgesprochen, und der Rest war Geschichte. Ihr Frühstücksservice in einer Autobahnraststätte endete an diesem Tag und wurde durch Modelverträge, Kosmetikgeschäfte und Nebenrollen in Sitcoms ersetzt. Bald darauf traf sie Steve und der Rest war der Stoff der Reality-Show-Legende.

»Sie sind eine solche Inspiration«, schwärmte Mama. »Ich liebe Ihre Sendung.«

Serena deutete mit ihrem Arm auf unsere Umgebung. »Und ich liebe alle Ihre besonderen Details, Ruby. Wer ist Ihr Innenarchitekt?«

Mama strahlte. »Das habe ich alles selbst gemacht. Sie werden feststellen, dass dies das perfekte Haus ist. Es ist ruhig und abgeschieden, sodass Sie die Privatsphäre haben, die Sie brauchen. Es hat alle Funktionen, die Sie sich gewünscht haben, sogar den Außenpool.«

Serena bemerkte mein Stirnrunzeln und sagte: »Sie denken sicher, dass wir verrückt sind, im Februar einen Außenpool zu wollen, aber Steve hat darauf bestanden. Er muss seine Bahnen schwimmen, und er sagt, es sei belebend, dies im Winter im Freien zu tun.«

So würde ich es nicht nennen, aber andererseits fand ich bereits beheizte Hallenbäder zu kalt. Ein Freibad im Februar würde mir einen Herzinfarkt bescheren.

Mama schob mich vor. »Habe ich erwähnt, dass Cen Journalistin bei der Lokalzeitung ist? Sie schreibt zufällig gerade einen Artikel über Ihre Sendung, und ich dachte ...«

Serena drehte sich zu mir um und zeigte ihre perfekten weißen Zähne. »In der Tat habe ich eventuell eine Geschichte zu erzählen. Vielleicht werden Sie die Erste sein, die es erfährt.«

Ich öffnete den Mund, um zu antworten, hielt mich aber gerade noch rechtzeitig zurück. Stattdessen reichte ich Serena den Korb. Mama und ich mussten reden, aber nicht vor den Gästen.

Serena nahm den Korb und schnupperte daran. »Rieche ich Bananenmuffins?«

Mama strahlte und nickte. »Ofenfrisch!«

Serena hob das Tuch an, das den Korb bedeckte, und nahm einen Muffin heraus. Sie biss hinein. »Mmmm ... köstlich!«

»Ich bringe Ihnen morgen mehr«, sagte Mama. »Ich will aber nicht aufdringlich sein.«

»Das wäre prima.«, sagte Serena. »Showbiz ist ja ganz aufregend, aber wir brauchen wirklich eine Auszeit. Deshalb haben wir einen einwöchigen Aufenthalt gebucht. Ich verrate Ihnen auch mein Geheimnis.« Serena blickte hinter sich, um sich zu vergewissern, dass niemand in Hörweite war. Sie kam näher und flüsterte verschwörerisch. »Steve und ich möchten wirklich, dass dieser Valentinstag etwas ganz Besonderes wird. Wir haben beschlossen, hier unser Eheversprechen zu erneuern.«

Mama legte die Hand an ihre Brust. »Ooh ... so romantisch! Sie brauchen Blumen, Champagner und einen Kuchen. Ich werde mich um alles kümmern. Brauchen Sie Verpflegung?«

Serena schüttelte den Kopf. »Nein, das wird nicht nötig sein. Es ist nur eine kleine, ungezwungene Zeremonie. Blumen wären aber schön.«

»So gut wie erledigt« sagte Mama.

Die Rocklin-Villa schien eher für eine Galahochzeit geeignet zu sein als für eine private Zeremonie zum Erneuern des Eheversprechens. Nicht einmal Mamas magische Berührungen konnten das höhlenartige Herrenhaus gemütlich machen, geschweige denn intim. Andererseits war das Haus viel kleiner als Serenas Haus in der TV-Reality-Show, also fühlte es sich im Vergleich wahrscheinlich gemütlich an. Ich musste zugeben, es war hübsch.

Die Zeremonie zur Erneuerung des Eheversprechens war mit ziemlicher Sicherheit eine Reality-Show-Episode. Wie könnte es auch anders sein? Dieses Paar lebte seine Beziehung ausschließlich auf der Leinwand, mit häufigen Kämpfen und ständigen Konflikten aus. Ich hoffte nur, dass Mama eine Schadenskaution bekommen hatte, weil absolut nichts verboten war in *The Real McCoys*. Ob es nur eine Episode oder das wirkliche Leben war, es war eine Story, die einen Knüller darstellte.

»Oh ... da gibt es noch etwas.« Serena drehte sich zu mir um. »Ich brauche einen Fotografen. Ich mache Ihnen einen Vorschlag. Gegen ein paar Fotos räume ich Ihrer Zeitung die Exklusivrechte an der Geschichte ein. Ihr Fotograf kann eine doppelte Aufgabe erfüllen.«

»Ich habe keinen Fotog–«

Mama schnitt mir das Wort ab. »Cens Fotograf ist sehr talentiert. Für seine Arbeit hat er mehrere regionale Preise gewonnen.«

»Fantastisch.« Serena wedelte mit der Hand. »Was die Blumen betrifft, wären ein paar Vasen für das Wohnzimmer schön, zusammen mit einem Blumenstrauß für mich.«

Mama machte ein imaginäres Häkchen mit ihrem Zeigefinger. »Ich werde in Kürze mit einigen Blumenideen zur Auswahl zurückkommen.«

Serena riss die Augen auf. »Sind sind so effizient! Ich bin so froh, dass ich Sie und diesen schönen Ort gefunden habe.«

Schritte hallten in der Halle wider und trugen zu meinem wachsenden Gefühl der Panik bei.

»Liebling, hast du meine Lesebrille gesehen?« Steve McCoy kam aus dem Flur.

Trotz des kalten Februarwetters trug er ein kurzärmeliges T-Shirt, Boardshorts und Flip-Flops. Er war merklich älter als Serena, ein stämmiger, aber fitter Mann mit kurz geschorenen grauen Haaren. Er blieb plötzlich stehen, als er uns sah. »Tut mir leid, ich wusste nicht, dass wir Gäste haben.«

»Steve, das sind die Besitzer dieses Hauses. Ruby West und ihre Tochter Cendrine. Ich glaube, deine Brille liegt auf der Küchentheke.«

Nachdem wir uns die Hände geschüttelt hatten, legte Steve seinen Arm um Serenas Taille und zog sie näher an sich heran. Ihre Zuneigung zueinander schien echt zu sein, ein starker Kontrast zu ihrer kriegerischen Feindseligkeit auf dem Bildschirm. Aber Zufriedenheit gewann keine Einschaltquoten, und Reality-TV-Shows lebten von Konflikten und Übertreibungen.

Serena hielt ihre Hand mit dem Muffin vor sein Gesicht. »Probier mal diesen Muffin von Ruby, Steve.«

Steve brach ein Stück Muffin ab und wandte sich an Mama. »Sie duften herrlich. Hat Ihnen Serena von unseren Plänen erzählt, unser Eheversprechen zu erneuern?«

Mama lächelte. »Wir werden es zu einem unvergesslichen Tag machen. Oh, ... Serena, wenn Sie ein Kleid brauchen, es gibt einen netten kleinen Laden in der Stadt - Bunny's Key to Fashion.«

Wo ich mein Valentinstagskleid gekauft habe. Das Kleid, dessen Reißverschluss ich nicht schließen konnte, weil ich zu fett war.

Die letzte Episode in der Staffel der Reality-Show hatte in einem Cliffhanger geendet, als Steve und Serena zum Scheidungsgericht gingen, das genaue Gegenteil des liebenden Paares, das jetzt vor uns stand. Die Erneuerung des Eheversprechens war sicherlich eine weitere erfundene Handlung. Eine Trennung vorzutäuschen war für die Quoten genauso gut wie eine Versöhnung. Es versprach auch einen saftigen Leitartikel.

Serena lehnte sich an Steve. »Ich mag diesen Ort. Vielleicht können wir unseren Aufenthalt verlängern.«

Steve aß seinen Muffin-Bissen auf und nahm sich einen anderen Muffin aus dem Korb. Er nahm einen kleinen Bissen und genoss ihn. »Köstlich. Kann ich das Rezept bekommen, oder ist es ein Familiengeheimnis?«

»Sie backen?« Endlich hatte ich meine Stimme wieder gefunden.

»Hin und wieder, wann immer ich Zeit finde. Wir haben nicht viel Freizeit, wenn wir filmen. Was wahrscheinlich gut ist, sonst würde ich zwanzig Kilo mehr auf die Waage bringen, so wie es vor der Sendung war. Nicht wahr, Schatz?«

Serena lachte. »Neben Steves Crash-Diät hat er dieses strenge Trainingsprogramm. Jeden Tag fünfzig Runden in einem eiskalten Außenpool.«

Steve errötete. »Ich bin heute 2 Stunden zu spät dran. Normalerweise bin ich um 8 Uhr morgens im Pool. Dieser Ort ist so entspannend, dass es mir schwer fällt, mich zu motivieren.«

Mama strahlte. »Wir werden Sie nicht länger aufhalten. Ich bin im Handumdrehen mit ein paar Blumenvorschlägen zurück. Wenn Sie in der Zwischenzeit noch etwas brauchen, rufen Sie einfach an.«

Wir hatten uns gerade umgedreht, als eine laute Männerstimme von oben dröhnte. »Schließ die verdammte Tür. Es ist eiskalt hier drin.«

Jason, Steves Sohn aus erster Ehe, funkelte uns vom Treppenabsatz im zweiten Stock an. Jasons kürzliches Ausscheiden aus der Reality-Show wurde in einer speziellen Interventionsfolge als Drogenhandel und Sucht erklärt. Ob Jasons Rolle als drogensüchtiger Dealer in *The Real McCoys* echt oder erfunden war, ich wusste es nicht. Im wirklichen Leben war er jedoch genauso selbstgefällig und unhöflich.

Steves Gesicht verdunkelte sich und er sagte mit gedämpfter Stimme: »Ignorieren Sie Jasons Unhöflichkeit. Er wurde wieder mal aus der Reha geschmissen. Er kann nirgendwo hin und es geht ihm miserabel.«

»Die Erneuerung des Eheversprechens ist eine Überraschung«, flüsterte Serena. »Wir sagen es Jason nicht vorher. Wir haben Angst, dass er sonst alles sabotiert.«

»Es kommt kein Sterbenswörtchen über unsere Lippen.« Es war mir peinlich, in das Familiendrama hineingezogen zu werden.

Jason stapfte die Treppe hinunter und blieb ein paar Schritte vor dem Treppenabsatz stehen. »Wer sind diese Leute? Ihr habt doch gesagt, dass wir keine Besucher haben können.«

Mama und ich tauschten nervöse Blicke aus. Es war sehr unangenehm, dass jemand über uns sprach und so tat, als wären wir Luft.

Serena antwortete hat für uns. »Ruby West und ihre Tochter Cendrine sind unsere Gastgeber. Ihnen gehört dieses Anwesen.«

Jason warf Mama einen flüchtigen Blick zu und richtete dann seine Aufmerksamkeit auf mich. Seine Augen wanderten langsam meinen Körper hinauf und hielten etwas zu lange direkt unter meinem Ausschnitt inne. »Ist nachbesserungsbedürftig.«

Meinte er mich oder die Rocklin-Villa? Auf jeden Fall war es unglaublich beleidigend. Ich kämpfte gegen den Drang an, mit einem Kommentar zu antworten, den ich später bereuen würde.

»Gibts hier irgendwelche Bars in der Stadt?« Jasons Augen blieben auf mir sitzen, während er einen Muffin aus dem Korb in Serenas Hand nahm. Er schluckte den Muffin in zwei Bissen unter und ließ das Papierförmchen in den Korb fallen, bevor er seine Hände an seiner Jeans abwischte.

»Die einzige geöffnete Bar ist The Witching Post, auf der anderen Seite der Stadt.« Ich wollte keine herablassenden Kommentare mehr, also habe ich die Tatsache weggelassen, dass uns die Bar gehört. Die rustikale Bar würde sicherlich Jasons hohe Ansprüche enttäuschen, aber vielleicht war das auch gut so. Ein Besuch und er würde nicht wiederkommen.

»Witching Post? Das ist der bescheuertste Name, den ich jemals gehört habe.« Jason bahnte sich seinen Weg zwischen Mama und mir, rammte mich an der Schulter und brachte mich aus dem Gleichgewicht.

»Autsch!« Ich stolperte ein paar Meter, bevor meine Schulter die Wand berührte. Ich fand schnell mein Gleichgewicht wieder, aber meine Schulter schmerzte vom Aufprall.

Entweder bemerkte Jason es nicht oder es war ihm egal. Er schwang die Haustür mit solcher Wucht auf, dass sie mit einem dumpfen Schlag gegen die Wand schlug.

Er machte sich nicht einmal die Mühe, sie hinter sich zu schließen.

Wir standen alle schweigend da und sahen zu, wie Jason die Vordertreppe hinunter und über die Auffahrt auf einen neu aussehenden roten Porsche mit einem verbeulten vorderen Kotflügel zulief. Er blieb an der Fahrertür stehen und starrte uns trotzig an.

Als hätte er jemanden herausgefordert, ihn aufzuhalten.

»Jetzt haben wir den Salat.« Steve seufzte.

Jason öffnete die Fahrertür und stieg ein. Er drehte die Zündung und startete den Motor. Aus der Stereoanlage des Autos dröhnte laute Musik durch die offene Fahrertür.

Steve ging zur offenen Haustür und schrie über die basslastige Musik hinweg. »Wo gehst du hin, Jason?«

»Ich muss was erledigen.« Jason ließ den Motor aufheulen.

Steve schrie Jason hinterher. »Jetzt hast du es schon so weit geschafft, Jason. Mach nicht wieder alles kaputt.«

Jason ließ den Motor des Porsche noch einmal aufheulen, bevor er den Rückwärtsgang einlegte und zurücksetzte. Er fuhr mit dem Auto um die kreisförmige Auffahrt herum und hielt davor an. Er kurbelte sein Fenster herunter und brüllte über den Leerlaufmotor hinweg. »Das ist mein Leben. Ich kann tun und lassen, was ich will.« Er drehte die Stereoanlage noch lauter. Aus den Autolautsprechern dröhnte Heavy-Metal-Musik.

Die Reifen des Porsche quietschten, als er Gas gab und die Auffahrt hinunterraste.

Durch Jasons Ausbruch wurde klar, dass das TV-Drama der McCoys nicht ganz falsch war. Sie konnten ihrem tatsächlichen Familiendrama nicht einmal im Urlaub entkommen. Sie hatten wahrscheinlich unsere abgelegene Stadt gewählt, damit niemand ihre chaotische Familie aus der Nähe sieht.

Mama brach das Schweigen. »Machen Sie sich keine Sorgen, wir sagen nichts. Wir würden niemals Ihre Privatsphäre gefährden.«

Steve stieß ein nervöses Lachen aus. »Wir haben unsere Privatsphäre aufgegeben, als wir mit der Show begannen. Unsere Familie ist ein offenes Buch. Aber trotzdem ... solche Sachen sind manchmal irgendwie peinlich.«

Serena nickte. »Manchmal frage ich mich, ob die Serie die Ursache für Jasons Probleme ist. Dies war sein fünfter Aufenthalt in der Reha. Berühmt aufzuwachsen ist schwer. Die Drogen sind ein Bewältigungsmechanismus. Wir tun alles, um zu helfen, aber zuerst muss er sich selbst helfen.«

»Jason hat alles bekommen, was er wollte«, sagte Steve. »Trotzdem ist er so selbstzerstörerisch.«

Plötzlich bekam ich Schuldgefühle. »Tut mir leid, dass ich die Bar erwähnt habe. Wenigstens gibt es keine Drogen in der Stadt.«

Serena seufzte. »Drogen sind überall, sogar in dieser kleinen Stadt. Jason wird sie finden, das ist sicher. Das ist das Einzige, was ich in den letzten sieben Jahren gelernt habe. Wenigstens haben wir ihm nicht den teureren Porsche gekauft, den er wollte. Er hat ihn innerhalb von einer Woche an die Wand gefahren und erwartet, dass wir für die Reparatur bezahlen. Er hat ein außer Kontrolle geratenes Drogenproblem und erscheint die Hälfte der Zeit nicht zum Filmen, also mussten wir ihn aus der Show ausschließen.«

Mama holte tief Luft. »All diese Etappen in der Reha haben nicht funktioniert?«

Serena schüttelte den Kopf. »Sie funktionieren eine Weile, aber er wird immer wieder rückfällig. Jetzt will er einfach nicht mehr hingehen. Wir können ihm nicht helfen, wenn er nicht gesund werden will. Wir wissen nicht, was wir tun sollen.«

Wenn Serena und Steve Jason wirklich helfen wollten, sich von seiner Sucht zu befreien, schien es der falsche Weg zu sein, seinen Kampf im Fernsehen zu übertragen. Die Ausstrahlung von Familienquerelen war zwar gut für die Einschaltquoten, aber es wurde dabei auch sehr viel Misstrauen aufgebracht. Jason tat mir ein bisschen leid.

Serena war Jasons Stiefmutter, aber sie war kaum zehn Jahre älter als er. Gerüchten zufolge war Jason erbost darüber, dass sein Vater Serena vor acht Jahren geheiratet hatte, und das nicht einmal ein Jahr nach dem Unfalltod seiner Mutter.

Mama räusperte sich und sagte mit gekünstelter Stimme: »Es gibt viel zu tun, packen wirs an, Cen.«

Als wir wieder im Auto saßen, fragte ich: »Warum erneuern die Leute ihr Eheversprechen, Mama? Was bringt das?«

Mama drehte den Schlüssel im Zündschloss und startete das Auto. »Sie bekräftigen ihre Zuneigung und ihr Engagement füreinander. Manchmal macht man das nach einer schlechten Erfahrung oder um einen Meilenstein zu feiern, wie zum Beispiel ein 10-jähriges Jubiläum. Vielleicht hatten sie auch nie eine richtige Zeremonie. Erinnerst du dich an Folge 3? Steve und Serena waren zu sehr damit beschäftigt, die Show zu filmen, um eine echte Hochzeit zu veranstalten, also hatten sie nur diese kleine Zeremonie auf den Stufen des Rathauses.«

Ich lachte. »Du weißt viel zu viel über diese Leute. Du bist besessen von ihnen.«

Mama zuckte mit den Schultern und legte den Gang ein. »Ich glaube an Happy Ends, Cen. Ich glaube nicht, dass es einen Rocklin-Fluch gibt. Ignoriere einfach, was Pearl und Oma sagen, denn wir haben eine glänzende Zukunft vor uns.«

»Eher keine Zukunft«, fauchte Oma Vi vom Rücksitz.

»Apropos Zukunft, wo finde ich einen Fotografen?« fragte ich.

»Tante Pearl hat gerade eine neue Kamera bekommen«, sagte Mama. »Sie wäre absolut perfekt!«

Sie wäre ein perfektes Wrack. Was in gewisser Weise ein perfektes Event von The Real McCoy wäre.

KAPITEL 5

Ich strich mit dem Finger über den geschmolzenen Lautstärkeregler des Autoradios und fragte mich, ob die McCoys uns Glück oder Unglück gebracht hatten. Mama starrte geradeaus, umklammerte mit beiden Händen das Lenkrad, als wir durch die Stadt zurückfuhren. Oma Vi stöhnte auf dem Rücksitz. Ihr Zauber hatte das Feuer gelöscht, aber das Radio funktionierte nicht mehr. Die Stille war unangenehm. Ich überlegte, ob ich einen Funkreparaturzauber aussprechen soll, um Mama einen Gefallen zu tun, aber das würde nur einen weiteren Streit auslösen.

Stattdessen konzentrierte ich meine Gedanken auf den Leitartikel über die Real McCoys. Jeder Artikel über die Erneuerung des Eheversprechens sollte mit dem Aufblühen von Steves und Serenas märchenhafter Romanze beginnen. Wie sich mein Artikel entwickeln würde, hing von zwei möglichen Szenarien ab: Entweder war die Zeremonie echt oder es war nur eine erfundene Geschichte für die *The Real McCoys* Reality-Show. Ich würde es bis zur eigentlichen Zeremonie nicht erfahren, aber so oder so war es nicht wichtig. Der größte Teil des Artikels würde Hintergrundmaterial aus der Reality-Show enthalten, und ich würde die Lücken später einfach ausfüllen.

Wenn die Erneuerung des Eheversprechens echt wäre, würde ich einen positiven Artikel schreiben, der im Kontrast zu ihrer Feindseligkeit auf dem Bildschirm stehen würde. Wenn die Erneuerung des Eheversprechens eine inszenierte Reality-Show-Zeremonie wäre, würde sich der Artikel von selbst schreiben. Es gäbe Beleidigungen und Zerstörungen, und ich würde die Aktion einfach aufzeichnen.

Der Artikel war wahrhaftig in meinem Schoß gelandet. Ich konnte es kaum erwarten, mit dem Schreiben zu beginnen, aber zuerst musste ich die letzten Änderungen an meinem Valentinstags-Artikel fertigstellen. Der Rocklin-Fluch schien mehr Fiktion als Realität zu sein. Heute war wohl ein richtiger Glückstag!

* * *

ALS MAMA schließlich in unsere Einfahrt einbog und die lange, kurvenreiche Straße zur Pension auf der Spitze des Hügels hinauffuhr, rutschte mir das Herz in die Hose. Jasons roter Porsche parkte neben einem großen weißen Kastenwagen und einem Lastwagen in der Nähe des separaten Gebäudes, in dem The Witching Post Bar and Grill untergebracht war. Es war zu dieser Jahreszeit ungewöhnlich, am Vormittag Fahrzeuge auf dem Parkplatz zu sehen. Vielleicht waren einige Bauunternehmer auf ein frühes Mittagessen vorbeigekommen.

Wenigstens war heute Lucky Barkeeper statt Tante Pearl. Je weniger Tante Pearl mit jemandem interagierte, desto besser, besonders mit jemandem, der so schlecht gelaunt war wie Jason McCoy.

Ich eilte hinter Mama her, als sie über den Parkplatz zur Vordertreppe der Pension ging. »Tante Pearl darf auf keinen Fall die Fotografin sein. Du weißt, dass sie das Anwesen von Rocklin nicht betreten wird.«

Mama drehte sich um, warf ihre Arme in die Luft und fuhr mich an. »Stimmt, diesen kleinen Punkt hatte ich tatsächlich vergessen. Na, wer dann, Cendrine? Hast du eine andere Lösung? Ich kann nicht alles alleine machen!«

»Äh ... vielleicht könnte es Lucky machen?« Ich zuckte zusammen, als ich auf Mamas Antwort wartete. Sie verlor niemals die Beherrschung, besonders nicht bei mir. Aber in diesem Augenblick war sie völlig anders, eine ganz andere Person, und das machte mir Angst.

Sie drehte sich am Fuß der Treppe um, die Hände in die Hüften gestützt. »Lucky? Das kann nicht dein Ernst sein!«

Ich zuckte mit den Schultern. »Warum nicht? Es beschäftigt Tante Pearl an der Bar und hält sie davon ab, sich in die Angelegenheiten der McCoys einzumischen. Das löst zwei Probleme. Wir sagen ihr einfach, dass Lucky sich krank gemeldet hat oder so.«

Mamas Schultern sackten herunter. »Also gut. Du koordinierst das mit Lucky. Aber ich rate ihm, sich auf jeden Fall blicken zu lassen.«

»Dafür sorge ich, das verspreche ich dir.« Ich werde ihn sogar selbst zur Rocklin-Villa fahren.«

Mamas Schultern sackten herunter, als würde sie das Gewicht der Welt tragen. Dann drehte sie sich um und stapfte ohne ein weiteres Wort die Treppe hinauf.

Ich rief ihr hinterher. »Ich weiß, dass du hart arbeitest, Mama. Ich verspreche, dass ich dir mehr helfen werde.«

Mama drehte sich zu mir um. Sie hielt sich die Hand vor den Mund. Es sah so aus, als ob sie weinen wollte. »Es ... es tut mir leid, dass ich wütend geworden bin, Cen. Es ist nur so ... manchmal fühle ich mich, als wäre ich die Einzige, die uns alle zusammenhält. Ich betreibe die Pension, koche alles, bezahle die Rechnungen und bekomme null Unterstützung zurück. Und dann mit Pearl und deiner Oma, die alles kritisieren, was ich tue ... Ich bin im Moment ein bisschen gestresst von allem.«

»Mach dir keine Sorgen, Mama, ich bin da.« Mama hätte wirklich den Rest von uns konsultieren sollen, bevor sie sich auf ihr High-Stakes-Unternehmen einließ, aber wir waren bereits mittendrin und es war zu spät, umzukehren. Die nächsten vierundzwanzig Stunden konnten über unser Schicksal entscheiden. Alles andere musste warten.

Wie der Fluch, der von Minute zu Minute realer schien.

Mama sah auf die Uhr und seufzte. »Vielleicht ist das einfach zu viel für uns alle. Ich hoffe, ich habe keinen schrecklichen, schrecklichen Fehler gemacht.«

KAPITEL 6

Mama und ich saßen im Speisesaal der Pension. Wir besprachen gerade die Vorbereitungen für die Zeremonie zur Erneuerung des Eheversprechens von Steve und Serena, als Tante Pearl hereinstürmte.

»Nur über meine Leiche!« Tante Pearl marschierte zu unserem Tisch hinüber und drohte Mama mit dem Finger. »Der Rocklin-Fluch wird uns ruinieren. Ich riskiere mein Leben nicht wegen ein paar Dollar.«

Mama blickte von dem Hochglanzkatalog mit Blumenarrangements auf, den sie uns gezeigt hatte und runzelte die Stirn. »Wir brauchen das Geld, Pearl. Unsere Buchungen sind in den letzten Monaten eingebrochen. Ist dir überhaupt bewusst, dass wir vor dem finanziellen Ruin stehen? Wir haben Glück, überhaupt Gäste zu bekommen. Ich sehe nicht, dass du auf irgendeine Weise Geld erwirtschaftest.«

»Es ist es nicht wert, unser Leben zu gefährden, Ruby. Lass die Rocklin-Villa in Ruhe, bevor es zu spät ist.« Tante Pearl stampfte mit dem Fuß auf, als ob sie auf eine Antwort wartete.

»Entweder wir tun es oder wir verhungern. Die McCoys sind nur eine ganz normale Familie«, sagte Mama. »Außer, dass sie zufällig berühmt sind. Sie haben ein paar Angestellte mitgebracht, die hier in der Pension übernachten werden. In einer Woche sind sie wieder weg. Alles, was die McCoys wollen, ist ein schöner ruhiger Valentinstag. Oh, und sie haben mich gebeten, ihnen dabei zu helfen, ihr Eheversprechen zu erneuern.«

»Sie haben ein Filmteam, Ruby! Auf dem Parkplatz steht ein Lieferwagen voller Ausrüstung. Lüg mich nicht an. Das ist keine Erneuerung des Eheversprechens, das ist ein Werbezug.«

Mama hatte die Crew nicht erwähnt. Was hielt Mama noch vor uns geheim?

Mama lächelte Tante Pearl künstlich an. »Pearl, kannst du dich um die Blumen kümmern? Vielleicht ein paar weiße und rote Rosen und einen rosa-weißen Ballonbogen?«

Tante Pearl stampfte mit dem Fuß auf. »Ich werde *nicht* noch einen deiner dummen Ballonbögen machen. Ihr beide habt das seit Monaten geplant, nicht wahr?«

Ich hob die Hände zum Protest. »Ich habe erst auf der Fahrt zur Rocklin-Villa von *The Real McCoys* erfahren.«

Tante Pearls kniff die Augen zusammen, während sie mich musterte »Glaubst du wirklich, dass es eine Reality-TV-Show wert ist, unsere Existenz als Hexen aufs Spiel zu setzen? Wieviel zahlen sie dir?«

Mamas Gesicht wurde rot, aber sie schwieg.

»Was ist es denn sonst? Haben sie euch beiden Rollen in der Serie angeboten?«

»Du hast alles falsch verstanden, Tante Pearl.« Ich war mit Mamas Verhalten auch nicht einverstanden, aber sie hatte immer unser Bestes im Sinn. »Sie haben nichts über Dreharbeiten gesagt, und wir gehören nicht zur Besetzung. Steve und Serena wollten nur einen ruhigen Kurzurlaub verbringen.«

Tante Pearl verdrehte die Augen. »Ach, ihr sprecht euch schon beim Vornamen an? Netter Versuch, Cen. Ihr steckt beide unter einer Decke. Dein Durst nach Ruhm und Reichtum gefährdet unsere Existenz als Hexen. Ich werde nicht daran teilnehmen. Holt euch eure blöden Luftballons und Blumen woanders.«

»Ich bin nicht –« Ich brach beschämt mitten im Satz ab. Natürlich hatte uns Mama alle getäuscht. Aber alle Auswirkungen des Fluchs, – falls er wirklich echt war, – schienen vage. Der Fluch war wahrscheinlich nur eine imaginäre Legende, die völlig übertrieben war. Mama hatte mich immer vor Schaden bewahrt. Wenn der Fluch wirklich zu befürchten wäre, hätte sie es mir schon vor Jahren gesagt.

Fluch oder kein Fluch, das eigentliche Problem war Vertrauen. Warum hatte mir niemand in meiner Familie vor heute vom Rocklin-Fluch erzählt? Ich konnte die Tatsache nicht ignorieren, dass Oma Vi und Tante Pearl wirklich verängstigt schienen. Das wiederum machte mir Angst. Tante Pearl war die furchtloseste Person, die ich kannte. Wenn sie Angst hatte, musste es einen guten Grund geben, und Mama hätte mich informieren sollen, damit ich meine eigenen Schlüsse ziehen konnte.

Ich räusperte mich. »Die McCoys werden in ein paar Tagen weg sein, Tante Pearl. Du wirst sie nicht einmal sehen.« Ich habe absichtlich nicht ihren Sohn erwähnt, der sich gerade in The Witching Post betrank.

Tante Pearl prustete. »Wie schön, dass sich unsere Gäste entspannen können, während unser Leben in Stücke zerrissen wird.«

Mama warf frustriert die Arme hoch. »Die Einnahmen unserer Gäste ermöglichen es uns, so zu leben, Pearl.« Mama wedelte mit der Hand durch unser rustikales Esszimmer. Das Zimmer war groß, aber bescheiden eingerichtet. Die vier großen Esstische aus Eichenholz waren abgenutzt, aber funktional und kamen aus einem bankrotten Restaurant. Die Selbstbedienungsstation für Kaffee und Snacks neben der Küchentür war zweckmäßig und wurde von einem örtlichen Handwerker gebaut. Der Speisesaal war eher malerisch als großartig. Aber er erfüllte seinen Zweck.

»Wir können uns glücklich schätzen, noch einen Tag zu leben«, murmelte Tante Pearl.

Mama schüttelte den Kopf. »Hört auf, so negativ zu sein, ihr beide. Sie haben das Doppelte unseres üblichen Preises bezahlt, auch im Voraus.«

»Ruby, es gibt nicht genug Geld auf der Welt, um das Auslösen dieses Fluchs zu kompensieren.«

»Es gibt keinen Fluch, Pearl. Hast du in der ganzen Zeit, in der wir hier gelebt haben, jemals irgendwelche Beweise dafür gesehen?« Mama beantwortete ihre eigene Frage. »Nein, hast du nicht.«

Tante Pearls kniff die Augen zusammen. »Der Fluch ruht nur, weil die Rocklins die Stadt verlassen haben. Sicher, das ist Jahrzehnte her, aber ein Fehler und er wird reaktiviert. Ich bin diejenige, die diesen Fluch all die Jahre in Schach gehalten hat, aber weiß das irgendjemand zu schätzen? Nein!« Sie schüttelte den Kopf.

»Oh, also bist du jetzt unsere Retterin?« fragte Mama. »Wirklich Pearl, du bist lächerlich.«

»Mama, hör auf!«

Mama verschränkte die Arme. »Ich lenke diesmal nicht ein. Pearl, hör auf und denk darüber nach. Es gibt keine äußere Macht, die uns unsere Kräfte nehmen kann. Unsere Kräfte sind nicht streng erblich. Du weißt das auch, Cen. Zaubersprüche und Hexenkräfte kommen nicht zu dir, sie kommen von dir. Jeder von uns verbringt Tausende von Stunden damit, sein Zauberhandwerk zu verfeinern. Wir haben uns diese Kräfte Zauber für Zauber, Stunde für Stunde und Tag für Tag des Übens verdient. Ja, wir haben ein Geschenk bekommen, aber unsere Kräfte haben sich mehr durch harte Arbeit entwickelt als durch alles andere.«

Mama hatte recht. Obwohl ich für meine übernatürlichen Fähigkeiten dankbar war, hatte ich mich nicht für die Komplikation entschieden, eine Hexe zu sein. Anfangs hatte ich widerstrebend meine Verantwortung übernommen, aber schließlich im Geheimen geübt, nur um Tante Pearls unmöglichen Maßstäben gerecht zu werden. Jeder Zauber, Trank und jede Kräutertinktur war hart verdient worden. Der Erfolg kam nicht von alleine.

Eine Frage nagte noch an mir. Ich drehte mich zu Mama um. »Die Rocklins haben die Stadt wirklich verlassen, oder?«

»Nun, ja. Menschen ziehen aus allen möglichen Gründen um.« Mamas Ton war künstlich optimistisch.

Tante Pearl sagte: »Leute ziehen nicht aus einer Laune heraus mitten in der Nacht umher und lassen ihre Sachen zurück, Ruby. Du weißt, warum die Rocklins gegangen sind, und Cen verdient die Wahrheit.«

»Sie weiß vorerst genug. Aber den Rest der Geschichte erzähl ich ein anderes Mal.« Mama drehte sich auf dem Absatz um und ging schnell in die Küche, wobei sie die Tür hinter sich zuschlug.

Tante Pearl drehte sich zu mir um und ihre Augen waren dunkel und voller Sorge. »Wenn du dich für eine Seite entscheidest, wähle weise, Cendrine. Was auch immer als nächstes passiert, kann nicht rückgängig gemacht werden.«

KAPITEL 7

Ding Dong! Ding Dong! Ding Dong!

»Autsch!« Erschrocken von der Klingel am Empfangstresen, unter dem ich gerade kniete, hob ich automatisch meinen Kopf und knallte dagegen. Ich befreite mich und stand auf.

»Es ist Zeit, dass ich Hilfe bekomme.« Eine mit Schmucksteinen besetzte Hand schob ein paar Papiere über den Tresen. »Ich habe eine Reservierung für 24 Zimmer, Nichtraucher.«

Ich rieb die wunde Stelle auf meinem Kopf, wo sich bereits eine Beule bildete.

»Äh … das kann nicht sein. Das Westwick Corners Inn verfügt nur über 8 Zimmer. Wir hätten Ihnen unmöglich vierundzwanzig Zimmer reservieren können.«

Ich schaute in die grünen Augen einer atemberaubend schönen Frau mit langen roten Haaren. Sie lehnte sich an die Theke und schloss den Abstand zwischen uns.

Ihre Augen bohrten sich in meine, als sie mit dem Zeigefinger auf die Papiere klopfte.

»Lesen Sie das hier. Wir haben 24 Zimmer reserviert. Nicht acht Zimmer. *Vierundzwanzig Zimmer.*«

»Unsere Zimmer sind recht geräumig. Wenn die Gäste eines teilen wollen ...«

»Absolut nicht«, sagte sie. »Die Crew bekommt immer Privatzimmer, und genau das haben wir reserviert. Sie müssen das sofort beheben.«

Mama hatte nichts davon erwähnt. In meinem Inneren rauchte ich vor Wut wie ein Drache, zwang mich aber zu einem höflichen Lächeln. »Ich glaube, es gab da eine Verwechslung. Das nächstgelegene Hotel dieser Größe befindet sich in Shady Creek, eine Stunde entfernt.«

»Nicht akzeptabel«, schnauzte die Frau. Sie trat zurück und suchte nach jemand anderem, der hilfreicher war als ich. Sie war lässig, aber stilvoll in Jeans, Pumps und einem smaragdgrünen Pullover gekleidet, der zu ihren intensiven Augen passte.

Sie war drauf und dran, mich in Stücke zu reißen, denn egal, was ich sagte oder tat, ich hatte einfach keine vierundzwanzig Suiten zu bieten. Der Tag war schon eine Katastrophe und es war noch nicht einmal Mittag. »Ich wünschte, ich könnte helfen, aber ...«

Sie wedelte aus Protest mit angehobenen Handflächen. »Hören Sie auf, nach Ausreden zu suchen und geben Sie mir die verdammten Zimmer.«

Mein Puls hämmerte, als ich das Papier aufklappte. Es war eine Reservierung, aber für ein anderes Hotel in einer benachbarten Stadt. »Ich weiß, was passiert ist. Sie haben das Western Inn in Shady Creek reserviert. Sie sind nicht die erste Person, die uns verwechselt. Wenn Sie möchten, kann ich dort anrufen, Miss ...«

»Abby Monroe. Ich bin Serena McCoys persönliche Assistentin. Eine andere Stadt ist keine Option, und es ist nicht das, was wir arrangiert haben.« Abby sah sich nach einem großen, muskulösen Mann um, der direkt vor der Haustür der Pension stand. Er nickte fast unmerklich, während er seine Haltung änderte.

Der Mann kam mir seltsam bekannt vor, aber ich wusste nicht, wo ich ihn schon mal gesehen hatte. Er musste weit über 1,80 m groß sein, denn die Spitze seines Kopfes erreichte den oberen Türrahmen. Er hatte den Körper eines steroidgepumpten Bodybuilders mit so muskulösen Armen, dass sie nicht gerade an seiner Seite, sondern leicht schräg nach außen hingen. Ich schätze, er war Teil von McCoys' Sicherheitsdetails, obwohl es seltsam war, dass er nicht bei ihnen im Haus war. Die Anwesenheit der Besetzung und der Crew bestätigte so ziemlich meinen Verdacht, dass die einfache Erneuerung des Eheversprechens der McCoys nicht wirklich so einfach sein würde.

Ich atmete tief ein. Der Kunde hatte immer recht, besonders ein falscher. Ich musste die Situation irgendwie entschärfen. »Abby, Sie haben Glück, weil alle acht unserer Suiten frei sind. Ich kann Ihnen diese Zimmer jetzt geben. Leider gibt es keine anderen Unterkünfte in Westwick Corners. Kann ein Teil Ihrer Crew in der nächsten Stadt bleiben?«

Abby schüttelte den Kopf und schob ein Papier über den Schreibtisch. Sie stieß mit dem Finger auf den Briefkopf. »Sie haben unrecht. Das hier muss der Ort sein. Sogar das GPS hat uns hierher geleitet.«

Mein Gesicht errötete, als mehrere andere Männer und Frauen die Lobby betraten. Streiten würde die Situation nicht lösen. Panik stieg in mir auf, als der kleine Bereich jetzt von Menschen und lauten Stimmen überfüllt war. Ich holte mehrere tiefe Atemzüge und las das Papier erneut.

Natürlich war unter dem falschen Hotelnamen und dem Logo unsere Adresse gedruckt. Das ergab keinen Sinn, aber ich musste die Dinge irgendwie in Ordnung bringen. So oder so, ich musste sofort vierundzwanzig Zimmer finden.

Ich sah zu Abby auf und täuschte ein Lächeln vor. »Das ist seltsam. Ich weiß nicht, wie das passiert ist, aber keine Sorge, wir werden alles in Ordnung bringen.«

Mama hatte im Flur gestanden, uns belauscht und kam rüber. Sie schloss sich mir hinter dem Empfangstresen an. »Um was geht's?«

Ich erklärte die Situation und stellte Abby vor.

»Kein Problem'', sagte Mama voller Freude. »Sie haben Glück, denn wir haben weitere acht Zimmer im Nebengebäude. Einige von Ihnen werden wohl zusammenziehen müssen, aber es sind sehr große Suiten. Ist das in Ordnung?«

Abby seufzte. »Muss es wohl. Wir haben morgen einen anstrengenden Tag.«

* * *

MAMAS ›NEBENGEBÄUDE‹ entpuppte sich als Pearls Zauberschule. Mit ihrer Hexerei verwandelte sie das Gebäude schnell mit einer neuen Fassade und Trennwänden in weitere acht Räume, und irgendwie überzeugte sie Abby mit ihrem Kompromiss. Den Zimmern fehlte der Charakter der Pension, aber das Gebäude sah ordentlich und neu aus, mit einem frischen Anstrich und einigen Topfzedern am Eingang. Das Beste von allem, es war nur einen Schritt über den Parkplatz von der Pension und der Witching Post Bar & Grill entfernt, wo sie ein wenig entspannen konnten.

Jetzt mussten wir nur noch Tante Pearl die vorübergehende Enteignung ihrer Zauberschule erklären, die sicherlich einen Tobsuchtsanfall erleiden würde. Wie kam es überhaupt zu dieser Hotelzimmerverwechslung? War das ein weiteres Geheimnis von Mama? Oder lag es an etwas Unheimlicherem, wie dem Rocklin-Fluch?

KAPITEL 8

Nach ein paar hektischen Minuten hatte das gesamte McCoy-Drehteam in ihre Zimmer eingecheckt. Es war nicht einfach gewesen. Es hatte hitzige Diskussionen darüber gegeben, wer mit wem ein Zimmer teilte und wer nicht, aber Abby hatte letztendlich alles mit ein paar Anpassungen in den Griff gebracht. Abby und der muskuläre Sicherheitsmann, der sich als McCoy's Chauffeur herausstellte, würde genau wie Steves Sohn Jason in der Rocklin-Villa bleiben. Der ursprüngliche Plan von Jason, bei der Crew zu bleiben, hatte mich überrascht. Andererseits wollte Jason vielleicht ein wenig Abstand von seiner Familie.

Zurück in der Küche, setzte ich mich in die Frühstücksecke und versuchte, meinen Artikel zum Valentinstag abzuschließen. Es brauchte nur noch ein paar Feinheiten, aber ich konnte mich nicht konzentrieren. Ich war mit einem Fluch beschäftigt, den Mama einfach nicht zugeben wollte. Vielleicht würde ich Informationen über die Rocklinfamilie in alten Ausgaben der Westwick Corners Weekly finden oder aber in den historischen Aufzeichnungen der Bibliothek. Eine Familie, die ihre Villa zurücklässt und mitten in der Nacht aus der Stadt verschwindet, hätte in einer Kleinstadt wie unsere bestimmt Schlagzeilen gemacht. Es war immerhin ein Ausgangspunkt.

Meine Finger schwebten über der Tastatur, in der Erwartung, etwas in die Suchleiste zu tippen, als ein kalter Windzug über meinen Kopf fegte. Oma Vi schwebte über mir. ihre halbdurchsichtige Gestalt schimmerte, eingehüllt in einen violetten Samtumhang, der bei jeder Bewegung wirbelte. Sie starrte intensiv auf meinen Laptop unter ihr.

»Ich mache für dich das Korrekturlesen, Liebes.« Oma Vi schnappte sich mit beiden Händen einen Bleistift mit Radiergummispitze und tippte unbeholfen auf den Bildschirm.

»Du hast ein Wort im zweiten Abschnitt doppelt geschrieben, Cen. Ich kann drücken, so fest ich will, aber irgendwie kann ich es nicht ausradieren.«

Sie drückte so fest gegen den Bildschirm, dass sie den Bleistift nicht mehr festhalten konnte. Er fiel mit einem dumpfen Schlag auf die Tastatur. Sie wedelte mit ihrer Hand zum Bildschirm.

»Es hat funktioniert! Ich musste einfach nur die richtige Taste drücken!«

Ich schnappte nach Luft. Der Bildschirm, der noch vor ein paar Sekunden mit einer Wand aus schwarzen Buchstaben gefüllt war, war jetzt leer. Panik ergriff mich und ich drückte den Pfeil nach oben, dann nach unten. » Was um alles, … was hast du getan?«

»Oh-oh. Wo sind denn die ganzen Worte hin? Ich wollte doch nur dieses eine doppelte Wort löschen, nicht alles. Tut mir leid, Cen.« Sie sprach einen Rückkehrspruch aus und hielt mitten im Satz an. »Ich kann mich nicht an den genauen Spruch erinnern, um es rückgängig zu machen.«

»Ist schon gut. Das geht ganz einfach.« Ich drückte die ›Rückgängig‹ Taste auf der Tastatur.

Nichts geschah. Der leere Bildschirm starrte mich unverändert an.

»Das hätte funktionieren sollen. Hast du es abgespeichert?«

»Abspeichern? Was?« Oma Vi stierte auf den Bildschirm.

»Du weißt doch, dass ich keine Computer mag.«

»Mach dir nichts draus, Oma. Ich hatte noch nicht die Taste ›Speichern‹ gedrückt, deshalb hätte ich eigentlich alles wieder rückgängig machen können. Ich habe keine Ahnung, was passiert ist.«

Oma Vi nickte. »Oh je. Der Rocklin-Fluch hat schon eingesetzt. Bring es mit etwas Hexerei wieder in Ordnung. Versuchs mal mit einem Umkehrspruch.«

Mein Puls raste, während ich den Umkehrzauber aussprach.

Nichts.

Schweißperlen bildeten sich auf meiner Stirn. Meine Valentinstagsausgabe, – die Arbeit von einer ganzen Woche – war auf Nimmerwiedersehen gelöscht worden. Ich klickte auf das Papierkorbsymbol.

Leer.

Wo um alles in der Welt ist meine Datei?

Ich hatte nur noch ein paar Minuten Arbeit vor mir gehabt. Wenn ich doch nicht alles vor mich hergeschoben hätte.

Ich fluchte und drückte die Rückgängig-Taste immer und immer wieder, obwohl ich wusste, dass es sinnlos war. Ich hätte in der Lage sein müssen, diese Löschung wieder rückgängig zu machen oder zumindest, eine ältere Version meiner Datei aufzurufen. Dennoch konnte ich es nicht. Die Datei war komplett aus meinem Computer verschwunden. Hier war eindeutig Hexenkraft im Spiel.

Natürlich nicht Oma Vis Hexenkraft. Sie könnte als Geist niemals so gut zaubern wie eine lebende Hexe. Sie hatte nur versucht, mir zu helfen. Niemals würde sie meine Arbeit sabotieren. Mama auch nicht.

Tante Pearl, das war eine andere Geschichte. Sie würde mit Freuden *The Westwick Corners Weekly* schließen und mich dazu zwingen, mich mehr auf die Hexerei zu konzentrieren. Sie hatte immer gehofft, dass mich ihre magischen Eingriffe dazu bewegen würden, mich auf ihre Seite zu ziehen. Aber meine Arbeit zu zerstören war zu extrem, sogar für sie. Und es gab auch keine anderen Hexen in der Stadt.

Ich massierte meine Stirn in der Hoffnung, diese pochenden Kopfschmerzen loszuwerden, die ich jetzt hatte.

»Versuch es noch einmal mit dem Umkehrzauber, Cen. Du hast wahrscheinlich ein Wort ausgelassen«, sagte Oma Vi.

»Es ist einen Versuch wert.« Ich bezweifelte es, hatte aber keine andere Wahl. Ich holte tief Luft und sprach den Umkehrzauber langsam und sehr sorgfältig aus. Ich war auf halbem Wege durch die zweite Zeile, als die Eingangstür mit einer solchen Wucht aufflog, dass sie gegen die Wand knallte.

»Stimmt was nicht?« Tante Pearl kam in die Küche und trat ihre Stiefel an der Tür aus. »Warum stehst du hier herum, statt zu arbeiten?«

»Meine Valentinstagsdatei ist gerade ohne irgendeinen Grund verschwunden.« Ich wartete geduldig auf ihre Antwort.

Tante Pearl zuckte mit den Schultern. »Der Grund ist der Rocklinfluch. Kein großer Verlust, da sowieso niemand deine Artikel liest. Sie könnten genauso von Geistern geschrieben werden.«

Oma Vi stierte sie an. »Geister können schreiben. Zumindest diktieren. Ich brauche nur jemanden, der für mich die Tasten drückt.«

»Es ist nicht der Fluch und ich kann sie nicht zurückholen.«, sagte ich. »Schweig, damit ich mich konzentrieren kann.«

Tante Pearl machte sich über mich in einem sarkastischen Ton lustig: »Schweig, damit sie sich konzentrieren kann! Plumpaquatsch! Eine gute Hexe kann in den unmöglichsten Situationen arbeiten und lässt sich nicht ablenken–«

Ich stopfte mir die Ohren zu und sprach den Umkehrzauber dieses Mal vollständig. Sekunden später füllte sich der Bildschirm mit roten Herzchen und Valentinsgrüßen.

Ich seufzte aus Erleichterung, als ich den Text prüfte. Es war meine neueste Version, alles intakt. »Gott sei Dank, sie ist wiederhergestellt.«

Oma Vi klatschte in ihre durchsichtigen Hände. »Prima gemacht, Cen! Du bist eine ausgezeichnete Hexe.«

»Sie ist passabel«, grummelte Tante Pearl.

Oma Vi ignorierte sie. »Deine Valentinstagsausgabe ist eine solch gute Idee, Cen. Ich kann es gar nicht erwarten, den Rest zu lesen.« Oma Vi schwebt schon wieder über meinem Laptop und las meine Valentinsgrüße laut vor. Und schon wieder hatte sie einen Bleistift in ihrer durchsichtigen Hand.

Da ich nicht noch einmal ein solches Desaster wollte, zauberte ich eine fertig gedruckte Zeitungsausgabe für Oma Vi und eine für Tante Pearl. Ich legte sie Oma Vi vorsichtig in die Mitte des Tisches und öffnete sie auf der ersten Seite der Valentinsgrüße. Sie müsste einen Windsturm herbeizaubern, um die Seiten umzudrehen, aber ich war bereit, ihr zu helfen. Ich konnte nicht noch mehr Komplikationen vertragen.

»Diesen Mist lese ich nicht!« Tante Pearl rollte ihre Zeitung zu einer Art Waffe und erhob sie über meinem Kopf. Ich fing sie ab, bevor sie mich treffen konnte und legte sie auf den Tisch.

Oma Vi schaute von ihrer Zeitung auf und kicherte. »Oh, schau mal diesen hier: Du bist meine perlige Perle, in Liebe Earl. Rate mal, für wen das ist?«

Wir drehten uns beide zu Tante Pearl um.

»Gib das her!« Tante Pearls Wangen erröteten in tiefem Karminrot. Sie schnappte sich Oma Vis Zeitung, hielt sie in Armlänge vor sich und versuchte, die Valentinsnachricht zu lesen.

»Oh, meine perlige Pearl. Wie niedlich!« Oma Vi schwebte über dem Boden und krümmte sich vor Lachen.

Tante Pearl stopfte mir die Zeitung in die Brust. »Meine Güte, Cendrine. Du bist eine lausige Poetin.«

»Ich habe es nicht geschrieben, es war dein Freund. Es ist Earls Valentinsgruß für seine Liebste.«

Tante Pearl errötete. »Earl würde niemals so etwas Lächerliches schreiben. Deine billigen Späße sind genauso schlecht wie diese bekloppte Reality-Show.«

»Warum fragst du denn nicht Earl?« Ich lächelte. »Da gibt es noch einen mysteriösen Valentinsgruß. Es handelt sich um eine anonyme, ganzseitige Anzeige, mit der ein ganz besonderer Mensch überrascht werden soll. Ich habe noch nicht herausgefunden, von wem und für wen sie ist.«

Mama kam aus dem Esszimmer. »Was ist für wen?«

»Es ist ein heimlicher Valentinsgruß, Mama. Ein anonymer Gratulant hat für eine Doppelseite bezahlt.« Ich deutete auf die Mittelseite in Oma Vis Zeitung. Die Schrift war groß genug für eine Neunzigjährige ohne Lesebrille.

»Von wem ist das?«, fragte Mama.

Ich zuckte mit den Schultern. »Es stand kein Name auf dem unbeschrifteten Umschlag, der nach Büroschluss unter meine Bürotür geschoben wurde.« Ich habe nicht die fünfhundert Dollar in bar erwähnt, die beilagen. Es war mehr als die Anzeigekosten und ich hoffte, ihm den Überschuss zurückzahlen zu können.

»Lä-cher-lich!« Tante Pearl ging zur Kücheninsel und goss sich eine Tasse Kaffee aus der Karaffe ein.

Mama kam zum Tisch rüber. »Nun, was sagt denn dieser Valentinsgruß?«

Ich öffnete die Zeitung und legte sie in die Tischmitte, wo wir sie alle lesen konnten.

»Es ist wirklich süß. Ihr werdet es mögen.«

Ich las die kurze Passage laut vor:

ICH LIEBE DICH, mein Häschen
  Aber ich habe kein Gräschen,
  Keine Mittel zum Überleben,
  Ich lebe in einem Sumpf,
  Ich bin etwas plump,
  Willst du meine Liebste sein?

OHNE DACH über dem Kopf
  Der Tod packt mich beim Schopf
  Aber du und ich, wir beide, du wirst schon sehen
  Werden wie Phoenix aus der Asche auferstehen.

WIR MACHEN uns ein Bett aus Heu.
  Leben glückliche Tage, beginnen ganz neu
  Erleben die göttliche Liebe

Wenn nur du wolltest meine Liebste sein.

TANTE PEARL PRUSTETE. »Welcher Loser hat denn diesen Schrott geschrieben? Das ist ja entsetzlich!«

»Das ist ja soooo süß«, sagte Mama. »Er sagt damit, dass er nicht viel besitzt, aber was er besitzt, gehört dir. Das ist bezaubernd.«

»Argh!« Oma Vi stürzte, krachte auf den Tisch und hatte ihre Schwebefähigkeit verloren. Ihre durchsichtige Gestalt bewegte sich, als sie langsam vom Tisch auf die Sitzbank rollte.

»Oma, geht's dir gut?« Ich konzentrierte meine Gedanken und versuchte, sie wieder in den Schwebezustand zurückzuversetzen. Ich hatte schon ein paar Mal ähnliche mentale Gymnastik gemacht, meistens, wenn ich das Hexen übte. Diesmal jedoch bewegte sie sich nicht vom Fleck.

Sie nickte erschöpft. »Das ist der Rocklinfluch, er ist reaktiviert. Ich habe es dir doch gesagt, dass du diese Hütte in Ruhe lassen sollst, Ruby.«

Mamas Kinnlade klappte vor Schock herunter, aber sie sagte keinen Ton.

Plötzlich schaukelte der Raum und es wurde alles unscharf. Wände knackten, Geschirr flog auf den Boden und dicke Staubschwaden verdichteten den Raum. Ich konnte kaum noch etwas sehen. Der Dunst klärte sich schnell, aber es stellte sich heraus, dass sich unsere Frühstücksecke in einen Picknicktisch verwandelt hatte.

Ein Tropfen Wasser landete auf meinem Handgelenk. Ich blickte nach oben und sah den Himmel durch ein Loch in der Decke. Höchst unüblich, da wir uns im ersten Stock der dreistöckigen Pension befanden. Das riesige Loch in unserer Decke mit einem weiteren Loch im zweiten Stock und im Dach über dem dritten Stock. Der Himmel war voller Sturmwolken und es hatte gerade zu regnen begonnen.

Mama holte tief Luft. »Oh Gott, die Gäste! Was, wenn jemand in dieses Loch tritt? Einer unserer Gäste könnte sterben!«

Als ich verzweifelt nach oben blickte, riss der Saum an meinem Kleid auf.

Tante Pearl deutete auf meinen Bauch. »Cen! Du hast gerade zehn Kilo zugenommen!«

Oma Vi flüsterte: »Oh Gott, – das war ein Fluch, den du aufgesagt hast und kein Valentinsgedicht, Cen. Alles, was du laut vorgelesen hast, passiert uns gerade. Wir haben buchstäblich kein Dach über dem Kopf. All das ist Teil des Rocklinfluchs.«

Ich schüttelte den Kopf. »Das ist nur ein Zufall.«

»Alle unsere schlimmsten Befürchtungen sind wahr geworden!« Mama weinte. »Statt Gesundheit, Wohlstand und Glück hat man uns Krankheit, Armut und Traurigkeit serviert. Und Fettleibigkeit.«

Mein Unterlippe zitterte, während ich mein dringendes Bedürfnis bekämpfte, zu weinen.

Tante Pearl zog die Augenbrauen hoch. »Ich habe dich gewarnt, Ruby. Aber du wolltest ja nicht hören.«

Niemand sagte etwas.

Ein paar falsche Worte in diesem Augenblick hätten zur Katastrophe geführt. Nun war unsere voll ausgebuchte Pension beschädigt und unsere Zauberfähigkeiten auch. Der Rocklinfluch war echt und dabei, uns zu zerstören. Gemeinsam waren wir unschlagbar, aber entzweit hatten wir keine Kraft zum Kämpfen. Was auch immer als nächstes käme, würde die Zukunft der nächsten Hexengenerationen bestimmen.

KAPITEL 9

Ich blickte nach oben auf das klaffende Loch in der Decke. Mama hatte jedes Zimmer überprüft, aber die einzige gute Nachricht war, dass alle unsere Gäste zum Mittagessen ausgegangen waren. Früher oder später würden sie zurückkehren und bis dahin musste alles repariert sein.

Mama war wütend. »Da steckst du dahinter, Pearl. Ob du zahlende Gäste magst oder nicht, wir brauchen das Geld. Repariere dieses Dach, bevor du unsere Gäste vertreibst.«

Tante Pearl ging mit einem feierlichen Gesichtsausdruck zum Tisch.

»Du weißt, dass ich es nicht war, Ruby. Es ist der Fluch. Du hast uns alle in Gefahr gebracht, indem du die Rocklin-Villa vermietet hast.«

Ich packte Mamas Hand mit meiner linken Hand und Tante Pearls Hand mit meiner rechten. »Genug mit diesem gegenseitigen Beschuldigen. Zu spät, um etwas daran zu ändern. Lasst uns unsere Kräfte vereinen und sehen, ob wir das Dach reparieren können.«

Oma Vi schloss den Kreis und wir rezitierten den Umkehrzauber, diesmal im Einklang.

Wir mussten uns alle gemeinsam bemühen und nach mehreren

Versuchen hatten wir es endlich geschafft, die Decke in ihren ursprünglichen Zustand zurückzuversetzen. Dann bin ich zum Fenster gerannt, um den Anbau zu überprüfen. Zum Glück war er unverändert und immer noch in seinem neuen umgebauten Zustand geblieben.

»Puh! Ich bin erschöpft.« Ich kollabierte in der Frühstücksecke. Ich hatte Lust auf ein Nickerchen, und es war noch nicht einmal Mittag.

»Nichts davon ergibt irgendeinen Sinn«, sagte Mama. »Jeder, der diesen Vers laut vorliest, wird ein Loch in sein Dach bekommen. Das verflucht alle miteinander.«

Tante Pearl schüttelte den Kopf. »Stimmt nicht. Der Fluch wirkt nur, wenn er von einer Hexe rezitiert wird. Sie waren auch vorsichtig und haben es in die Zeitung gesetzt, die niemand außer Cen jemals liest.«

Ich blickte sie finster an. »Wer ist sie?«

Schweigen im Walde.

»Viele Leute lesen meine Zeitung«, sagte ich defensiv. »Tante Pearl, irgendjemand - erzählt mir mehr über den Fluch. Wie kann ich mich schützen, wenn ich nicht weiß, worum es bei dem Fluch geht?«

Tante Pearl schnaubte: »Ich erzähl's dir später. Jetzt müssen wir erst einmal dem Fluch entgegenwirken, bevor er unüberwindbaren Schaden anrichtet.«

»Du kannst nichts rückgängig machen, was nicht existiert«, sagte Mama.

»Schau mich mal an.« Tante Pearl hob die Arme und sprach mit lauter Stimme:

ICH SPRENGE *deinen Fluch vom Himmel mit Getöse,*
> *Ich lösche ihn vor deinen Augen aus, du Böse,*
> *Du wirst uns nicht mehr schaden, aus der Traum,*
> *Hau ab mit all deinem Können, verlass diesen Raum,*
> *Ich werde diesen Ort beschützen und bewachen,*
> *Wage es nicht noch einmal, hier Unfug zu machen,*

Deine Hexenkräfte, die gibt es nicht mehr,
Sie sind verriegelt auf Nimmerwiederkehr,
Für immer verwandelt von einer Hexe in eine Sterbliche,
Auf immer und ewig aus dem Portal verbannt, du Schreckliche,
Du wirst für deine schweren Missetaten büßen,
Alle deine Träume werden sterben, zertreten mit Füßen,
Nie wieder werden sich deine Flüche zum Himmel erheben,
Für die Ewigkeit wirst du im Zweifel leben,
Vierzig Jahre und ein Tag ziehen ins Land.
Für diese Zeit wirst du verbannt.

Sie senkte die Arme und rieb die Handflächen aneinander. »Fertig. Jetzt müssen einfach abwarten und Tee trinken.«

Oma Vi räusperte sich. »Darf ich Cen jetzt von den Rocklins erzählen?«

»Nein. Ich sollte diejenige sein, die den Rocklin-Fluch erklärt«, sagte Tante Pearl und nahm in der Frühstücksecke Platz. Sie blickte Oma Vi böse an.

»Du warst zu direkt darin verwickelt, um es präzise genug zu beschreiben.«

»Wie du willst.« Oma Vi errötete vor Zorn.

Tante Pearl sagte wehmütig: »Unsere beiden Hexenfamilien, die Wests und die Rocklins, lebten jahrzehntelang harmonisch zusammen. Wir teilten unsere Vortex-Pflichten, Zaubertränke und Zaubersprüche. Alles funktionierte einwandfrei. Dann entwickelte eine Hexe, Eliza Rocklin, einen unersättlichen Drang nach Macht. Bis zu dieser Zeit war Westwick Corners ein übernatürliches Utopia. Wir praktizierten unsere Zaubersprüche ganz offen, unsere Gärten mit Zauberkräutern blühten prächtig und wir taten, was uns gefiel. Unsere einzige Verpflichtung war, den Energievortex zu beschützen. Es ging uns so gut und wir merkten es nicht einmal.«

Ich zog die Stirn in Falten. »Mama, warum hast du mir das nicht erzählt?«

»Ich, äh, ich dachte nicht –«

Tante Pearl unterbrach sie. »Ruby war zu dieser Zeit gerade mal zwölf oder dreizehn. Damals war sie genauso egozentrisch wie heute. Alles, was sie interessierte, war ihr Kräutergarten und Backen. Ich war die ältere, weisere Schwester. Mir waren die Konsequenzen eines eventuellen Fehlverhaltens bewusst. Wenn wir den Vortex verlören, wären wir nicht mehr in der Lage, in dieser Stadt zu überleben. Ich würde als Kellnerin im Shady Creek Café enden. Kannst du dir das vorstellen?«

»Ganz bestimmt nicht.« Ich schauderte bei dem Gedanken, dass Tante Pearl Kunden bedienen und auf Trinkgelder warten würde.

»Nun, Eliza war Ende zwanzig und eine passable Hexe, aber lange nicht so gut wie ich. Sie manipulierte die Leute. Sie dachte, mit ein paar Tricks könnte ihre Familie ganz allein die Macht über den Vortex erlangen. Sie wollte unsere Familie völlig von der Bildfläche verschwinden lassen. Macht zu teilen war für Eliza nicht genug. Sie wollte unseren Vortex in einen Themenpark verwandeln.«

Ich schnappte nach Luft. »So wie wir das vor ein paar Jahren mit Tonya Plant erlebt haben?«

Was hatten denn Hexen und Themenparks gemein?

Tante Pearl nickte. »Genau. Nur dass Eliza erfolgreich war. Eine ganze Zeit lang hat sie den Vortex vollständig kontrolliert.«

»Ihr habt euch das gefallen lassen?« Es war schwierig, sich vorzustellen, dass Tante Pearl so etwas zugelassen hatte.

Tante Pearl zuckte mit den Schultern. »Sie war damals schon eine sehr mächtige Hexe, Cen. Ich war immer noch dabei, die Hexerei zu erlernen.«

Ich hob die Hand. »Du hast doch gerade gesagt, dass du die bessere Hexe von euch beiden warst.«

»Hör auf zu streiten, Cendrine. Kurzum, nachdem Eliza unsere Kräfte neutralisiert hatte, schaltete sie den Energie-Vortex komplett ab.«

»Wie war das möglich? Ich dachte immer, der Vortex sei stärker als alles andere.«

Tante Pearl zuckte mit den Schultern. »Ich hoffe, dass das jetzt nicht den ganzen Tag dauert. Eliza war sehr hinterhältig. Sie trickste uns aus, indem sie uns dazu brachte, unsere Kräfte zu deaktivieren und sie provisorisch auf sie zu übertragen.«

Meine Kinnlade klappte herunter. Ich konnte mir absolut nicht vorstellen, dass Tante Pearl irgendjemandem ihre Kräfte übertragen – oder Befehle von jemandem annehmen würde. »Warum hast du das getan?«

»Eliza überzeugte uns, dass mit dem Vortex etwas Schlimmes passieren würde, wenn wir es nicht täten. Eine Übertragung der Kräfte ist für den größten Notfall vorbehalten. Eliza hat deine Oma davon überzeugt, dass diese Kraftübertragung notwendig ist, um den Vortex neu zu kalibrieren. Das Energiefeld hätte sich entladen und unsere Kräfte wären der Störfaktor. Nichts, was ich wirklich geglaubt hätte, aber –«

Oma Vi unterbrach. »Du hättest in meiner Lage genauso gehandelt und das weißt du sehr gut, Pearl.«

Mama sagte: »Das ist doch alles Vergangenheit. Aber nachdem Eliza unsere Kräfte deaktiviert hatte, wirkte sie einen Zauberspruch, um unsere Kräfte für immer und ewig einzufrieren. Sie wollte das Portal an sich reißen und es gewinnbringend betreiben.«

»Das verstößt gegen die WICCA-Regeln, Gewinn aus Zaubersprüchen zu erzielen«, sagte ich.

Tante Pearl verdrehte die Augen. »Sei doch nicht so naiv, Cen. Menschen brechen ständig Regeln. Eliza war eine kriminelle Hexe und hat jeden bestohlen. Und sie war damit erfolgreich.«

»All das habt ihr mir verheimlicht?« Ich errötete, fühlte mich verletzt, dass meine ganze Familie einen solch bedeutenden Teil unserer Familiengeschichte vor mir geheim gehalten hatte.

»Du warst noch nicht dafür bereit«, schnauzte Tante Pearl.

Ich wusste zwar nichts vom Fluch, aber eine Menge über den Vortex. Es war so gut wie unmöglich, nichts darüber zu wissen. Jede Hexe spürte den Sog der magnetischen Kraft, wann immer wir nach Westwick Corners kamen oder es verließen.

Unser Vortex war der breiten Öffentlichkeit unbekannt, nicht so wie Stonehenge oder Sedona, Arizona. Allerdings war er in der übernatürlichen Welt sehr bekannt. Wie jeder Energie-Vortex vervielfältigte er die übernatürlichen Kräfte derjenigen, die sie hatten und war ein Portal zu anderen Dimensionen und Welten.

Je weiter man sich vom Vortex entfernte, umso schwächer wurden die Kräfte. Zaubern war in Shady Creek immer etwas schwieriger und wenn ich den Bundesstaat verließ, schrumpften meine Kräfte auf etwa 75 % meiner normalen Stärke. Der Vortex war so unsichtbar wie Radiowellen und sich außerhalb der Frequenz aufzuhalten war wie Zaubern mit fast verbrauchten Batterien. Jedes Mal, wenn ich nach Hause zurückkehrte oder in die Nähe eines anderen Energie-Vortex kam, wurden meine Zauberkräfte wieder aufgeladen.

Ich zog die Stirn in Falten. »Eliza muss aber letztendlich gescheitert sein, wenn unsere Kräfte immer noch intakt sind. Wie hast du es geschafft, sie zurückzuholen?«

»Wir mussten Verstärkung herbeirufen«, fügte Oma Vi.

»Das hört sich nach Krieg an.«

»Genau das war es auch. Ein verdeckter Krieg, in dem wir im Geheimen angegriffen wurden.« Oma Vi blickte traurig drein. »Keiner glaubte uns und nur wenige waren bereit, uns zu helfen.«

Mama wechselte das Thema. »Meine Damen, ihr mögt ja Zeit zum Plaudern haben, aber ich nicht. Ich muss diese Blumenarrangements zu Serena bringen. Ich muss auch für das Abendessen einkaufen, nach unseren Gästen im Obergeschoss sehen und mich auf das morgige Frühstück vorbereiten. So etwas nennt man, seinen Lebensunterhalt verdienen.«

»Was kann ich tun?«, fragte ich.

Aber Mama hörte mich nicht. Sie war bereits im Flur und schlüpfte in ihren Mantel.

Wir waren Schatten unseres früheren Selbst. Tante Pearl hatte Angst. Mama war leicht gereizt. Und ich war plötzlich unsicher über alles und jeden. Etwas hatte sich in uns allen verändert, und ich fühlte mich machtlos, es zu stoppen.

KAPITEL 10

*I*ch beendete schließlich meinen Valentinstagsartikel und ging nach draußen. Jasons Porsche parkte immer noch auf dem Grundstück bei The Witching Post. Eigentlich wollte ich warten, um Lucky zu fragen, ob er sich als Fotograf ausgeben würde, aber ich war der Meinung, dass es nicht warten konnte. Wir hatten nicht viel Zeit, um Steve und Serenas Zeremonie zur Erneuerung des Eheversprechens zu organisieren. In Anbetracht von Luckys häufigen Abwesenheiten könnte das meine letzte Chance sein.

Ich öffnete die Bartür und ging hinein, hielt inne, als Luckys und Jasons Stimmen von der Bar auf mich zu drifteten. Die beiden Männer sprachen weiter, ohne sich meiner Anwesenheit bewusst zu sein.

»Ich kann alles möglich machen. Alles, was man dazu braucht, ist Geld.« Lucky wischte die Bar ab und entfernte Jasons leere Bierflasche.

»Wie viel?« Jason zog seine Brieftasche aus der Gesäßtasche.

Lucky kratzte sich am Kinn. »Es kommt darauf an … aber basierend auf dem, was du gesagt hast, kann ich es wahrscheinlich für zehn Riesen erledigen.«

»Hmm … Ok. »Wie schnell?«

Lucky öffnete eine weitere Flasche Bier und stellte sie auf die Bar vor Jason. »Sobald du mich bezahlt hast. Dann werde ich mich um die Sache kümmern.«

Als ich ihr skizzenhaftes Gespräch hörte, erinnerte ich mich an Luckys Lebenslauf, als wir ihn einstellten. Es gab große, ungeklärte Lücken in seiner Berufslaufbahn, aber die wenigen aufgelisteten Arbeitsplätze waren meist in Bars und Fast-Food-Restaurants. Auftragskiller gehörte nicht dazu.

Ich ging zur Bar, zog einen Barhocker heraus und zog ihn lautstark über den Boden, um mich selbst anzukündigen. Ich setzte mich ein paar Hocker weg von Jason.

Lucky schien durch meine Anwesenheit erschrocken zu sein. »Oh – Hi, Cendrine. Darf ich dir etwas zu trinken anbieten?«

»Äh, nein danke, Lucky. Ich bin hier, um dich etwas zu fragen. Können wir uns unter vier Augen unterhalten?«, fragte ich.

»Nicht nötig. Danke. »Wollte gerade gehen.«, brummelte Jason und erhob sich vom Hocker. Er drehte sich zu Lucky um. »Ich ruf dich später an.«

Ich wartete, bis Jason draußen war und hörte den Porsche-Motor auf dem Parkplatz röhren. »Lucky, ich brauche deine Hilfe. Ein paar unserer Gäste erneuern ihr Eheversprechen und ich brauche einen Fotografen für morgen. Hast du Interesse? Es ist ziemlich einfach. Du machst nur ein paar Aufnahmen von der Zeremonie davor und danach, nichts Weltbewegendes. Es dauert höchstens ein paar Stunden.«

Lucky hob die Hände und zuckte mit den Achseln. »Ich? Hochzeitsfotos machen? Ich besitze nicht einmal einen Fotoapparat.«

»Ist schon gut. Den bringe ich mit. Ich fahre dich sogar hin und zurück. Es wird das Dreifache deines Bartendergehalts gezahlt.« Ich hoffte, dass dies ein Angebot wäre, das er nicht ablehnen könnte.

Er hob die Augenbrauen an. »Ach, wirklich? Nun, es ist tatsächlich so, dass ich dringend etwas schnelles Bargeld brauche. Meine Miete ist überfällig und ich habe das Geld bereits ausgegeben.«

»Super«, sagte ich. »Die Zeremonie ist gegen Mittag, aber ich muss noch die genaue Uhrzeit bestätigen. Komm einfach wie gewohnt zu deiner Schicht und wir fahren rüber. Ich werde für die Zeit, die du weg bist, eine Vertretung besorgen.« Wenn sich Tante Pearl nicht dazu bereiterklärte, Lucky zu vertreten, dann würde ich die Bar zur Not schließen.

»Abgemacht.« Lucky setzte sein millionenschweres Lächeln auf. »Ich kann es kaum erwarten.«

KAPITEL 11

Ich kehrte in die Pension zurück, um an meinem Artikel zu arbeiten. Ich saß in der Frühstücksecke, mein Magen knurrte, als ich die große Schüssel mit Muffins auf der Mücheninsel sah. Ich hatte den ersten Entwurf meines Real McCoys Artikels halb fertig. Dann rief Mama an und alles änderte sich.

Sie schluchzte hysterisch. Ihre Wehklagen waren so laut, dass ich mein Telefon vom Ohr fernhalten musste. Ihre Worte kamen stockend und keuchend heraus, so zusammenhanglos, dass es schwer war, sie zu verstehen.

»Ich bin bei der Rocklin-Villa. Es gab einen, äh, schrecklichen Unfall!« Mama weinte erbärmlich. »Komm schnell!«

»Ein Unfall? Was ist passiert?« Ich erhöhte die Lautstärke auf meinem Handy.

Tante Pearl, die in der Nähe stand, hörte alles, und ihre Augen weiteten sich vor Angst. »Es ist dieser verdammte Fluch!«

Ich hielt meine Hand hoch, um sie zum Schweigen zu bringen, damit ich Mamas inkohärentes Gerede entziffern konnte.

Mamas Worte kamen in kurzen Ausbrüchen heraus. »Ich habe gerade Steve McCoy gefunden. Er schwimmt mit dem Gesicht nach unten im Pool. Ich glaube, er ist to-to-tot. Ich weiß nicht, was ich machen soll.«

Tante Pearl riss mir das Telefon aus der Hand und plärrte hinein. »Glaubst du mir jetzt, Ruby? Raus da! Wir sind dem Untergang geweiht!«

Ich schnappte mir mein Handy zurück. Mamas verwirrte, abgehackte Sätze waren schwer zu verstehen, besonders mit dem neuen, seltsamen Klickgeräusch auf der Linie.

»Mama, beruhig dich und erzähl mir, was passiert ist. Das ergibt keinen Sinn.«

Sie sprach stockend zwischen den Schluchzern. »I - ich habe versucht, ihn zu retten. Ich bin ins Wasser gesprungen, ich habe versucht … ihn … zu bewegen … aber es war … zu spät. Ich glaube, er ist to-to-tot.«

Das klickende Geräusch, das ich jetzt erkannte, waren Mamas klappernde Zähne. Sie war in den Pool gesprungen, voll bekleidet, bei Minustemperatur.

»Ich bin gleich da, Mama. Bleib einfach in der Leitung und tu nichts mehr, bis ich da bin.«

Sie war wahrscheinlich schon unterkühlt, oder schlimmer. Ich rannte in den Flur, schlüpfte in meinen Mantel und in meine Schuhe. Ich nahm Mamas dicksten Wintermantel aus dem Flurschrank und ging nach draußen.

Ich ging im Laufschritt zu meinem Auto auf dem Parkplatz und redete, während ich ging. »Hast du die Feuerwehr gerufen?« Westwick Corners war nicht groß genug, um eine Notrufzentrale oder sogar Sanitäter zu haben. Alles wurde von der freiwilligen Feuerwehr erledigt. Wenn wir zusätzliche Hilfe brauchten, baten wir um Hilfe von Shady Creek, einer größeren Stadt, die mehr als eine Stunde entfernt lag. Unnötig zu sagen, für den Fall, dass wir ihre Hilfe brauchten, war es wahrscheinlich schon zu spät.

»I-ich habe dich zuerst angerufen. Was hätte ich sonst tun sollen?« Mamas Rede wurde von Minute zu Minute verschwommener und schwerer zu verstehen. Mama hätte Sheriff Tyler Gates zuerst anrufen sollen, aber sie war zu panisch, um klar zu denken.

Mit Mamas schwerem Mantel über den Schultern erreichte ich das Auto. »Ich werde Hilfe holen. Versuch einfach, warm zu bleiben, bis wir dort sind.«

Tante Pearl lief hinter mir her, als ich die Autotür öffnete. Sie schnappte sich Mamas Mantel von meiner Schulter, drückte mein Handgelenk und schrie: »Du kannst da nicht hingehen, Cendrine! Du wirst nie mehr lebend dort rauskommen.«

Ich zerrte meinen Arm von ihrem überraschend festen Griff und kletterte auf die Fahrerseite. Ich rief Tyler an.

Tante Pearl fluchte leise vor sich hin und rannte auf die Beifahrerseite des SUV. Sie zog am Türgriff und setzte sich ins Auto. Sie warf Mamas Mantel auf den Rücksitz. »Du gehst da nicht hin. Ich verbiete es dir.«

»Doch, doch, durchaus, ich gehe. Mama braucht Hilfe.«

Tyler antwortete beim ersten Klingelton.

Ich erklärte ihm Mamas tragische Entdeckung, während ich das Auto anließ und den Gang einlegte. »Mama ist in der Rocklin-Villa. Sie hat einen Mann im Pool gefunden. Nicht ansprechbar.«

»Bleib dran, ich rufe die Feuerwehr.« Ich hörte ein Rauschen, als Tyler in sein Handfunkgerät sprach, und eine männliche Stimme im Hintergrund sagte etwas Unverständliches. »Okay, sie sind auf dem Weg dorthin. Was macht denn Ruby überhaupt an der Rocklin-Villa? Ich dachte, sie wäre verlassen.«

»Mama hat die Villa gepachtet und an ein paar Gäste von außerhalb vermietet. Du hast bestimmt schon von ihnen gehört. Es sind die Real McCoys, die Familie aus dieser Reality TV-Show. Ich glaube, dass Mama alleine da draußen ist, aber ich konnte sie wirklich kaum verstehen. Sie hat gesagt, dass sie Steve McCoy im Pool treibend gefunden hat.« Ich stellte mir gerade vor, wie Mama versuchte, Steve aus dem Wasser zu ziehen, ein Mann, der doppelt so groß ist wie sie.

Tyler sagte: »Ich fahre direkt dorthin.«

»Ich auch.« Ich beendete den Anruf und blickte über den Parkplatz der Pension auf die Parklücke, in der Jasons Auto gestanden hatte. War er zur Rocklin-Villa zurückgefahren? Mama hatte nicht erwähnt, dass noch jemand anderes vor Ort gewesen wäre. In dieser

Stadt gab es nicht viel für einen verärgerten jungen Mann zu tun. Egal in welche Richtung man fuhr, erreichte man in ein paar Minuten Felder, Obstgärten und Weinberge, die im Winterschlaf lagen.

Jason hätte wohl einiges zu erklären, insbesondere, wenn sich herausstellte, dass Steves Tod mehr als nur ein schrecklicher Unfall war. Ich dachte an ihre hitzige Diskussion. Wie weit würde ein selbstgefälliger, arroganter Sohn gehen, um sich durchzusetzen?

Wenn Jason unschuldig war und noch nichts über seinen Vater wusste, würde er es bald erfahren. Genauso wie die ganze Welt. Eine Persönlichkeit, die man in einer Art Geisterstadt, weit weg von Hollywood ertrunken im Pool gefunden hat. Westwick Corners würde berühmt werden. Aber nicht auf positive Weise.

Ich schaute Tante Pearl von der Seite an. »Du hast niemals zu mir gesagt, ich soll mich von der Rocklin-Villa fernhalten, weil es zu gefährlich ist. Also warum bist du hier?«

»Eine Leiche ist eine zu viel. Verzweifelte Zeiten erfordern verzweifelte Magie, Cen. Wir müssen Zaubersprüche wirken, die weit, weit über unsere Fähigkeiten hinausgehen.«

»Ich bin durchaus in der Lage, die Dinge selbst in die Hand zu nehmen.« Realistisch gesehen konnte ich nichts weiter als Tante Pearl von unseren Gästen fernhalten. Einen Gegenzauber zu einem potenziellen Verbrechen auszusprechen, ging mit der allergrößten Wahrscheinlichkeit über meine Fähigkeiten hinaus. Aber mit Tante Pearl neben mir würde alles nur noch schlimmer.

Ich fuhr unseren langen kurvenreichen Kiesweg so schnell hinunter, wie ich konnte, ohne die Kontrolle zu verlieren. Kies spritzte, als ich auf die Straße fuhr und beschleunigte.

»Du wirst es vermasseln, Cendrine. Zwischen dir und deiner Mutter –«

»Du hättest wirklich in der Pension bleiben sollen, Tante Pearl. Lucky muss überwacht werden, falls du es noch nicht bemerkt hast.«

»Wage es ja nicht, mich loswerden zu wollen. Du brauchst meine Hilfe mehr als je zuvor. Ruby hat uns diesen Schlamassel eingebrockt, und du hast ihr geholfen. Wie immer bin ich die Einzige, die uns da rausholen kann.«

Mit Tante Pearl zu streiten, war nutzlos. Ich blickte zu ihr rüber und sah mein Telefon in ihrer Hand.

Ihr Kopf war vorgebeugt und sie flüsterte etwas hinein.

»Mit wem sprichst du?« Bald stellte ich fest, dass das Handy ein Vorwand war, um zu verbergen, was sie wirklich tat: Zaubern.

Tante Pearl nahm eine Hand polierter Steine in die linke Hand und murmelte leise.

»Tante Pearl, stopp! Du machst alles nur noch schlimmer.«

»Das kann nicht mehr schlimmer werden, Cendrine. Wir müssen diesen Fluch mit allem, was wir zur Verfügung haben, bekämpfen. Steve war das erste Opfer, aber bestimmt nicht das letzte.«

KAPITEL 12

Wir kamen an der Rocklin-Villa an und das Feuerwehrauto Nummer 1 von Westwick Corners war bereits angekommen. Es stand an der Ecke der Einfahrt seitlich vom Haus. Tylers Jeep war auch da und parkte davor. Ich lenkte meinen SUV ganz ans Ende der Einfahrt und stellte ihn weit von den Rettungsfahrzeugen entfernt. Kaum hatten die Räder angehalten, sprang Tante Pearl bereits vom Beifahrersitz und warf die Tür zu. Die Wintersonne glitzerte auf ihrem lilafarbenen Overall, während sie die Einfahrt zu Tylers Jeep überquerte.

Ich hielt den Atem an, fürchtete das Schlimmste, als ich vom Sitz kletterte und auf den Rücksitz langte, um Mamas Mantel zu nehmen. Ich knallte die Autotür zu und rannte Tante Pearl hinterher. Währenddessen hörte ich Männerstimmen hinter der hohen Lorbeer-hecke, die den Vorgarten vom Nebengarten und dem Pool trennte. Wahrscheinlich die Feuerwehrleute, die verzweifelt versuchten, Steve wiederzubeleben.

Tyler stieg aus dem Jeep aus und sprach in sein Handy. Er trug Freizeitkleidung, ein Flanellhemd, Jeans und Wanderstiefel. Er hielt seine Jacke in der Hand und legte sie wieder ins Auto. Wir sahen uns kurz an, bevor er sich zu Tante Pearl umdrehte, die ihn mit der Geschwindigkeit eines olympischen Sprinters erreichte.

Sie war halb so groß wie Tyler, aber sie krallte sich seinen Arm mit einer solchen Kraft, dass er das Telefon fallen ließ, als er rückwärts stolperte.

Sie schrie ihn fast an. »Sieh zu, dass du das hier schnell in den Griff bekommst, Sheriff. Weitere Todesfälle werden folgen.«

Tyler bückte sich, um sein Telefon aufzuheben. Er richtete sich wieder auf und drehte sich zu Tante Pearl um. »Aha. Hast du ein paar Insider-Informationen, die du mit mir teilen möchtest, Pearl?«

»Wo ist Ruby, Sheriff?« Tante Pearl überblickte das Gelände.

Tyler ging seelenruhig zum Jeep zurück und öffnete die Beifahrertür. »Sie sitzt hier.«

Mama hob ihren Kopf an, der nach vorne gebeugt war und sie winkte schwach. Sie weinte.

Tante Pearl rannte zu Mama und zog sie aus dem Jeep. »Ich muss dich überprüfen, Ruby, um sicherzustellen, dass du unverletzt bist.«

Ich half Mama in ihren Mantel, gerade als zwei freiwillige Feuerwehrleute von der Seite des Hauses auftauchten und langsam auf das Feuerwehrauto zugingen. Ihr fehlender Tatendrang konnte nur eines bedeuten. Steve war bereits tot.

Ich räusperte mich. »Ist Steve McCoy wirklich –?«

Die Männer blickten auf den Boden und wichen meinem Blick aus.

»Er ist von uns gegangen«, sagte der Ältere.

Tyler berührte meinen Arm. »Die Gerichtsmedizinerin ist gerade auf dem Weg hierher.«

Die Gerichtsmedizin befand sich in Shady Creek, etwa eine Stunde entfernt und ich hatte Tyler erst vor ein paar Minuten benachrichtigt. Es würde eine Weile dauern, bis sie am Tatort ankämen. Angst bildete sich in meiner Magengrube, als ich beobachtete, wie die Feuerwehrleute langsam ihre Ausrüstung weglegten. Vielleicht hatten Oma Vi und Tante Pearl doch recht mit dem Rocklin-Fluch. Die Wahrscheinlichkeit, mitten im Winter in einem Freibad zu ertrinken, war extrem gering.

Auf der anderen Seite war das Schwimmen unter solchen Bedingungen höchst ungewöhnlich. Steve hatte seine Pläne, trotz der kalten Temperaturen im Freibad zu schwimmen, bereits erwähnt. Das deutete darauf hin, dass er freiwillig zum Pool gegangen war, und dramatische Temperaturschwankungen könnten selbst bei den gesündesten Menschen einen Herzinfarkt oder ein anderes Gesundheitsproblem auslösen. Es fiel mir schon schwer, einen Zeh in ein beheiztes Hallenbad zu tauchen und konnte mir kein Training vorstellen, das darin bestand, mitten im Winter in eiskaltes Wasser einzutauchen.

Trotzdem konnte ich meinen Verdacht auf Fremdeinwirkung nicht loswerden. Etwas stimmte nicht, aber ich wusste nicht genau, was.«

Westwick Corners wäre nun für immer als der Ort bekannt, an dem einer der beiden Real McCoys vorzeitig gestorben ist. Steve McCoy war zwar nicht der erste tote Urlauber in unserer Stadt, aber er wäre wahrscheinlich der letzte. Niemand würde sich jemals mehr hier heraus wagen, sobald die Nachricht bekannt würde. Auf einer Pro-Kopf-Basis für Touristen war unsere Sterblichkeitsrate erschreckend hoch.

Das Familienunternehmen West und das Tourismusgeschäft der Stadt, die im Laufe der Jahre so mühsam aufgebaut wurden, waren dem Untergang geweiht. Auf der anderen Seite waren Reality-Shows der Beweis, dass selbst schlechte Nachrichten Bekanntheit brachten, und Bekanntheit war besser als Dunkelheit.

Tyler berührte meine Schulter und deutete auf eine Stelle, die ein paar Meter entfernt und außer Hörweite war. Er räusperte sich. »Ruby erzählt Unsinn. Sie sagt, ihr gehöre diese Villa. Seit wann, Cen? Das hat sie vorher niemals erwähnt.«

Mein Gesicht errötete, als ich innerlich mit mir debattierte, wie wenig oder wie viel ich ihm sagen sollte. »Äh ... sie ähm ... hat es vor kurzem gekauft. An das genaue Datum kann ich kann mich nicht erinnern.«

»Du hast nie erwähnt, dass – «

Ich unterbrach ihn mit erhobener Hand. »Sie hat es uns erst heute Morgen erzählt.«

Tyler zog die Augenbrauen hoch. »Ruby sagt immer, dass die Finanzen der Pension knapp sind. Diese Villa muss ein Vermögen gekostet haben. Wie konnte sie sich das leisten?«

Ich biss mir auf die Lippe, als ich damit kämpfte, wie viel ich von Mamas Projekt preisgeben sollte.

»Mama sagte, dass es ein Schnäppchen gewesen wäre und dass sie selbst viel Hand angelegt hat, um es zu renovieren. Sie wollte es uns nicht sagen, weil Tante Pearl stur und steif behauptet, dass dieser Ort mit einem Fluch belegt ist.« Tyler wusste, dass wir Hexen sind, aber in die Details des Fluches einzusteigen, schien nicht richtig zu sein. Er wusste auch nichts über Oma Vi, also erwähnte ich sie nicht. Das Leben mit einer Geistergroßmutter widersetzte sich jeder Logik, und Tyler hatte jetzt andere Dinge, auf die er sich konzentrieren musste.

Tyler nickte. »Welcher Mensch, der bei klarem Verstand ist, geht denn mitten im Winter bei Minusgraden schwimmen? Ein versehentliches Ertrinken in einem Freibad im Februar scheint etwas weit hergeholt. Ausnahmsweise stimme ich Pearl zu. Dieser Ort ist wahrscheinlich wirklich verflucht.«

Nachdem ich ihm von Steves Absicht, im eiskalten Wasser zu schwimmen, erzählt hatte, suchte ich Tante Pearl, aber sie war verschwunden, zusammen mit Mama. Ich drehte mich wieder zu Tyler um. »Ist das in Ordnung, wenn sie sich hier unbeaufsichtigt umsehen?«

»Ganz bestimmt nicht. Sie müssen zum Pool gegangen sein.« Er gab mir ein Zeichen, ihm zu folgen.

»Du glaubst nicht, dass es ein Unfall war, nicht wahr? Steve hat Mama und mir erzählt, dass er jeden Tag schwimmen geht.«

Tyler zuckte mit den Schultern. »Es ist noch zu früh, um eine Aussage zu machen. Warum vermutest du etwas anderes als einen Unfall? Weißt du etwas?«

Ich erzählte kurz vom Streit zwischen den McCoys und was ich zwischen Lucky und Jason an der Bar gehört hatte. »Ich bin mir nicht sicher, ehrlich. Die McCoys sagten, sie hätten sich für Westwick

Corners entschieden, weil es weit ab vom Schuss liegt. Sie behaupteten, ihre Reise sei ein Geheimnis.«

»Das schränkt den Kreis der Verdächtigen ein. Es gibt auch weniger Zeugen für einen Mord, wenn es das ist, worauf du hinaus willst«, sagte Tyler.

Ich zog die Stirn in Falten. »Prominente wie die McCoys haben wahrscheinlich auch verrückte Fans, vielleicht sogar Stalker. Selbst wenn die McCoys niemandem von ihrer geheimen Flucht erzählt hätten, wäre ihnen bestimmt jemand nach Westwick Corners gefolgt. Oh, und noch etwas. Die Real McCoys haben hier eine kleine Crew. Sie haben gerade heute Morgen in der Pension eingecheckt.«

Tyler kratzte sich nachdenklich am Kinn. »Sie filmen hier?«

»Steve und Serena nannten es Urlaub, aber du weißt ja, wie Reality-Shows funktionieren. Sie filmen und machen jeden wachen Moment zu Geld. Vielleicht hatte es ein verärgertes Crewmitglied auf Steve abgesehen?«

»Du bist also bereits überzeugt davon, dass es Mord ist, Cen, aber bitte ziehe keine voreiligen Schlüsse. Die Gerichtsmedizinerin ist noch nicht einmal hier, um die Leiche zu untersuchen. Warum sollte einer der Crewmitglieder ausgerechnet denjenigen der Reality-Show töten, der ihnen den Gehaltsscheck gibt? Wenn die Show pausiert, haben sie keinen Job mehr.«

»Ich-ich äh, habe einfach dieses Gefühl.«

Wir hielten am Tor an, das wieder eingerastet worden war.

Tyler hob den Riegel an und öffnete das Tor, das sicher seitlich am Haus verschraubt und auf der anderen Seite von einer Meter zwanzig hohen Lorbeerhecke begrenzt wurde. Die Höhe der Hecke ermöglichte eine Privatsphäre beim Schwimmen oder Sonnenbaden, erlaubte aber auch jedem, der direkt innerhalb oder außerhalb der Hecke stand, einen Blick auf den vorderen und hinteren Garten zu werfen.

»Pearl hat euch alle verrückt gemacht«, sagte er, als wir durch das Tor gingen und sahen Mama und Tante Pearl an der Hecke direkt am Pooltor stehen. Er deutete auf sie. »Keiner von euch bewegt sich, bis ich es sage.«

Mama nickte entschuldigend, aber Tante Pearl war nicht ansprechbar. Sie schwankte tranceartig auf ihren Füßen und sprach leise. Ich konnte die Worte nicht verstehen, obwohl ich nur ein paar Meter entfernt war. Aber ich brauchte sie auch nicht zu verstehen, weil ich die Kadenz eines Zauberspruchs erkannte. Es war viel zu spät für einen Schutzzauber, aber Tante Pearl dachte wahrscheinlich, dass es einen Versuch wert war. Sie wiederholte den Zauber dreimal, aber ihre Worte hatten keine Wirkung.

Sie stampfte mit dem Fuß auf wie ein Kind, das einen Wutanfall hatte. »Oh, verdammt noch mal! Sieh, was du angerichtet hast, Ruby! Meine Kräfte haben sich völlig verflüchtigt, einfach so.« Tante Pearl schnipste mit den Fingern, aber sie machten keinen Ton. »Meine Finger schnipsen nicht einmal mehr.«

Tyler seufzte, sichtlich frustriert. »Cen, lass sie uns wieder nach vorne bringen. Was auch immer tu tust, schau nicht –«

Es war zu spät; ich hatte mich bereits umgedreht, um zu schauen. Meine Augen schlossen sich auf eine Bahre neben dem Pool. Sie war komplett mit einer Plastikfolie bedeckt, aber es gab keinen Zweifel an den Konturen einer Leiche darunter. Ich schnappte nach Luft.

Tyler legte einen Arm um meine Schulter und drehte mich um. »Wir werden jetzt den Tatort verlassen, damit nichts verändert wird.«

Tante Pearl, die sich nicht mehr im Trancezustand befand, fluchte. »Wir sind ruiniert! Jede einzelne von uns!«

Ich flüsterte Tyler zu: »Tante Pearl denkt, dass Steves Tod das Ergebnis eines Fluches gegen unsere Familie ist. Ich wünschte, es gäbe eine logischere Erklärung, um sie von diesem Fluchgedanken abzubringen. Ich habe Angst, dass sie etwas Schlimmes tun wird.«

»Deine logische Erklärung scheint direkt auf Mord hinauszulaufen«, sagte Tyler. »Es könnte doch einfach nur ein tragischer Unfall sein.«

»Vielleicht, aber du wirst alle Ecken und Winkel untersuchen, oder?« Wenn es ein Unfall war, würde Tante Pearl den Fluch dafür verantwortlich machen. Wenn es Mord war und der Mörder gefasst würde, dann gäbe es eine andere Erklärung für Steves tragisches Ende.

»Na klar werde ich das. Ich muss jede Möglichkeit in Erwägung ziehen. Wenn es Fremdeinwirkung war – und ich sage nicht, dass ich denke, dass es so ist –, dann war das wahrscheinlich etwas Persönliches. Eine kleine Stadt, weit weg von neugierigen Blicken. Jemand, der mit Mord davonkommen will ...«

Meine Gedanken wanderten zurück zu Jason. Sein Auto war vom Parkplatz der The Witching Post verschwunden, als ich ging. Er war sauer auf Steve und Serena, und sein Gespräch mit Lucky hatte verdächtig geklungen. Jason war wütend und arrogant, aber war er in der Lage, seinen Vater zu ermorden?

»Komm. Wir setzen uns all in meinen Jeep, während wir auf die Polizei aus Shady Creek und die Gerichtsmedizinerin warten.« Tyler bat uns alle, ihm zu folgen. Mama stieg auf den Beifahrersitz des Jeeps. Ich kletterte nach Tante Pearl auf den Rücksitz, die sich bereits Tylers Jacke geschnappt hatte, die auf dem Sitz lag. Ihre Zähne klapperten, als sie sich Tylers zu große Jacke umlegte und ihre Hände in die Taschen schob.

Tyler stellte die Standheizung auf Hochtouren und drehte sich zu Mama auf dem Beifahrersitz. »Ruby, jetzt mal von Anfang an. Was ist passiert?«

Mamas Zähne klapperten, während sie sprach. »Ich kam hierher, um Serena ein paar Vorschläge für Blumenarrangements vorzulegen. Und ich hatte noch ein paar andere Hochzeitsideen zu besprechen. Steven und Serena erneuern ihr Eheversprechen, weißt du.« Sie sah Tyler gezielt an und suchte mich im Rückspiegel.

Ich verdrehte die Augen bei Mamas offensichtlichem Heiratshinweis. Ich fand es unangemessen und kitschig, wenn man die schwerwiegenden Umstände bedenkt, die uns hierher gebracht hatten.

Tyler, der anscheinend nicht auf Mamas Hinweis achtete, sagte: »Okay, was geschah dann?«

»Steve hat mich hineingebeten. Er sagte, Serena wäre einkaufen und er würde gleich schwimmen gehen. Er sagte mir, ich solle die Vorschläge zu den Blumenarrangements in der Küche ablegen, was ich auch tat. Ich kritzelte eine Notiz für Serena und drehte den Warmwasserhahn in der Küche zu, der tropfte. Dann machte ich mich auf den Weg hinaus. Aber als ich ging, erinnerte ich mich daran, dass ich auch das Menü besprechen musste. Also rief ich wieder nach Steve. Als er nicht antwortete, ging ich nach draußen zum Pool, um nach ihm zu suchen. Da habe ich ihn gefunden.« Mama brach in Tränen aus.

»Wie lange warst du dort, bevor du wieder hinausgingst?« fragte Tyler.

Mamas Unterlippe zitterte. »Nur etwa fünf Minuten. Ich kann immer noch nicht glauben, dass er eine Minute zuvor noch am Leben war, und dann – «

»Es dauert nur wenige Sekunden, um zu ertrinken.« Tante Pearl zog ihre geschlossene Faust aus Tylers Jacke. Sie öffnete ihre Handfläche, um eine Ringschatulle zu enthüllen.

Meine Augen weiteten sich. Ich flüsterte: »Leg das zurück!«

Tante Pearl grinste verschmitzt. Sie steckte ihre Hand wieder in die Jackentasche, zog sie dann aber wieder heraus. Diesmal öffnete sie die Ringschatulle, um einen wunderschönen Diamant-Solitärring zu enthüllen. Genauso schnell schnappte sie die Schatulle wieder zu.

Ich schnappte nach Luft. Glücklicherweise konzentrierte sich Tyler auf Mama und bemerkte nicht, was auf dem Rücksitz vor sich ging.

Mamas Worte wurden durch Schluchzen unterbrochen. »Ich – ich habe alles getan, was ich tun konnte – ich bin in den Pool gesprungen, um Steve in Sicherheit zu bringen. Ich habe ihn am Arm gepackt und versucht, ihn an die Seite des Pools zu ziehen, aber das Wasser war so kalt, dass meine Hände einfroren. Ich habe es mit Notbeatmung versucht, aber mitten im Wasser funktioniert das einfach nicht. Ich habe mein Bestes gegeben, aber er ist ein großer Mann. Er war einfach zu schwer, um ihn aus dem Pool zu ziehen.«

Ich stellte das Offensichtliche fest: »Du hättest einen Zauberspruch wirken sollen.«

Mama seufzte. »Das habe ich versucht, aber es hat nicht geklappt. Alle meine Kräfte sind verschwunden.«

Tyler runzelte die Stirn. »Hast du um Hilfe gerufen?«

»Ja«, flüsterte Mama. »Ich habe geschrien, aber niemand antwortete. Ich habe niemanden gesehen oder gehört. Ich war ganz allein.«

»Ich habe dich gewarnt.« Tante Pearl stieß mir den Ellbogen in die Rippen.

»He!« Ich beugte mich nach vorne und zuckte vor Schmerzen zusammen. Ich hatte nichts getan, um eine solche Strafe zu verdienen, aber anscheinend war ich das nächstbeste Ziel nach Mama, die sicher außer Reichweite auf dem Vordersitz saß.

Tante Pearl schubste mich. »Glaubst du mir jetzt, Cen? Wir hätten niemals einen Fuß auf dieses Grundstück setzen sollen. Wenn wir jetzt gehen, ist es vielleicht noch nicht zu spät, Rubys Handlungen rückgängig zu machen und unsere Kräfte zurückzubekommen.«

Als ich mich von Tante Pearl entfernte, brach der Taillenknopf an meiner Hose ab. Ich wurde von Minute zu Minute dicker.

Tante Pearl grinste. »Ms Piggy.«

Ich fluchte vor mich hin.

»Niemand wird irgendwohin gehen, solange ich es nicht erlaube.« Tyler drückte die Türverriegelung des Jeeps, als wolle er seinen Standpunkt unterstreichen.

Mamas Plan zum Geldverdienen war buchstäblich verflucht. Genau wie ich. Tante Pearl hatte Tylers Verlobungsring gestohlen und schien wild entschlossen zu sein, seinen Heiratsantrag zu sabotieren. Die Dinge wurden immer schlimmer. Wir waren machtlose Hexen, und das Einzige, was wuchs, war meine Taille.

Was könnte jetzt noch schief gehen?

Nachdem Mama die Abfolge der Ereignisse mehrmals erzählt hatte, bat Tyler sie, mit ihm zum Pool zurückzukehren. Mama zögerte und bestand darauf, dass Tante Pearl und ich sie begleiten. Tyler hatte mir und Tante Pearl das Versprechen abgenommen, nichts anzufassen. Wir folgten Tyler und Mama, die vor uns durch das Seitentor gingen, das zum Poolbereich führte.

Unsere Anwesenheit am Schauplatz eines Mordes war völlig unorthodox, aber das galt auch für die seltsame Verwandlung, die gerade mit Mama stattfand. Ihre Rede wurde immer zusammenhangloser und sie stolperte beim Gehen. Tyler brauchte Mamas Augenzeugenbericht, solange die Ereignisse in ihrem Kopf frisch waren, aber er brauchte auch unsere Hilfe, angesichts Mamas Zustand, der sich von Minute zu Minute verschlechterte.

Mama regte sich immer mehr über Tante Pearls Vorwürfe auf, den Fluch zum Leben erweckt zu haben. Ich bat Tante Pearl, aufzuhören, die Dinge schlimmer zu machen, als sie es bereits waren, aber sie war erpicht darauf, von Mama eine Entschuldigung herauszuquetschen.

Tyler deutete mir und Tante Pearl an, am Tor stehen zu bleiben, während er mit Mama zum Pool ging. Er drehte sich um und hielt seine Hand hoch. »Nicht bewegen und bitte nichts ansehen.«

Natürlich war es das Erste, was wir taten, sobald Tyler uns den Rücken zugewandt hatte. Ich folgte Tante Pearl. Sie trug Tylers Jacke, die etwa zehn Nummern zu groß war und sie lächerlich darin aussah. Sie hatte die Ärmel hochgekrempelt, aber der Saum der Jacke erreichte fast ihre Knie.

Mamas Muffinkorb lag umgedreht am Beckenrand. Eine Muffinspur führte zum Pool, wo mindestens drei davon wie kleine Inseln auf dem dampfenden Wasser schwammen.

Tante Pearl packte mein Handgelenk in einem schmerzhaften, schraubstockartigen Griff. »Da verlierst du deinen Appetit, nicht wahr, Cen?«

»Autsch!« Ich riss meinen Arm weg und erhaschte eine blitzartige Bewegung neben mir. Ich streckte meinen Arm aus, um Tante Pearl zu greifen, aber es war zu spät. Innerhalb von Sekunden stand sie am Pool.

»Komm zurück!« Ich versuchte so leise wie möglich zu reden, aber immer noch laut genug, dass sie mich hören konnte.

Sie ignorierte mich.

Tyler und Mama hatten sich bereits auf die Flügeltüren zubewegt, die ins Haus führten und hatten ihr den Rücken zugedreht. Sie waren ins Gespräch vertieft und merkten nichts von Tante Pearls Aktionen.

Ich rannte zum Pool und flüsterte laut: »Tante Pearl, geh vom Pool weg!«

Tyler und Mama hatten absolut keine Ahnung von Tante Pearls unbefugtem Betreten. Mama verfolgte ihre Schritte zurück, während sie die Geschehnisse schilderte.

Tante Pearl ignorierte mich weiterhin, während sie am Pool kniete. Sie tauchte ihre Hand hinein und benetzte den Ärmel von Tylers Jacke. In ihrer Hand war der Verlobungsring.

»Was machst du da?«, zischte ich.

Sie erhob sich wackelig und verlor beinahe ihr Gleichgewicht, bevor sie sich stabilisierte. Sie öffnete die Hand und legte den Verlobungsring zwischen Zeigefinger und Daumen. Sie hielt ihn ins Licht und schielte. »Ich frage mich, ob er echt ist?«

»Natürlich ist er echt. Leg ihn zurück!« Ich lief auf sie zu und griff nach ihrer anderen Hand. Ich zog sie vom Beckenrand. »Geh sofort vom Pool weg oder ich werde ...«

»Du wirst was tun, Cendrine? Du bist doch hier völlig fehl am Platz und der Sheriff auch. Wir haben es mit einem tödlichen Fluch zu tun, und dein Freund ist nicht dafür gerüstet, damit umzugehen.« Sie riss ihre Hand aus meiner und kniete sich wieder an den Beckenrand. Sie streckte ihren Arm ins Wasser und erzeugte mit der Hand eine Strömung, um die schwimmenden Muffins näher zu bringen.

Ich schnappte nach Luft. »Tante Pearl! Wenn du noch ein Stück herangehst, fällst du hinein.«

Wie auf Kommando schwankte Tante Pearl gefährlich am Beckenrand.

»Geh da weg!«

»Ich muss unsere Spuren entfernen ...«

»Welche Spuren?« Ich stürzte auf sie zu, packte ihren linken Arm und zog sie weg. Sie stolperte hinter mir und landete ein paar Meter sicher vom Pool entfernt. Leider habe auch ich dadurch mein Gleichgewicht verloren. Ich stolperte, landete auf der Terrasse und währenddessen tauchte meine rechte Hand in den Pool ein.

»Cendrine! Du hast den Tatort kontaminiert!« Tante Pearl war schon wieder auf den Beinen, überraschend wendig. Sie rieb die Hände aneinander, um den Frost vom Pooldeck abzuschütteln.

Ihre Hände waren leer. Keine Spur vom Ring.

»Wo ist der Ring? Ist er wieder in deiner Tasche?« Ich lag immer noch am Boden und versuchte verzweifelt, mich aufzuschieben aufgrund meines sich ständig zunehmenden Umfangs und des eisigen Zements.

Tante Pearl schniefte. »Es ist erledigt. Ich habe getan, was ich musste, um uns zu retten. Um das zu tun, musste ich alle Spuren entfernen, damit die Rocklins nicht ...«

Ich keuchte. »Der Ring hat nichts damit zu tun. Wo ist er?«

»He, macht, dass ihr da wegkommt!« Tyler machte einen frustrierten Gesichtsausdruck und eilte herbei. Mama schlurfte zähneklappernd hinter ihm her.

Ich rollte rückwärts auf meinen Hintern und spürte sofort, wie der kalte Zement durch meine Kleidung brannte. Ich drückte mich in eine sitzende Position und schüttelte mir das Wasser von der Hand, die bereits durch die eisige Kälte kribbelte. Ich hatte mehr Wärme von einem beheizten Pool erwartet, sogar von einem Außenpool an einem kalten Februartag. Ich drückte meinen nun gefühllosen Hintern vom gefrorenen Beton hoch und schob mich in eine stehende Position. Steve war verrückt, bei diesen Witterungsbedingungen zu schwimmen.

Tyler streckte seine Hand nach unten und half mir aufzustehen. »Was ist passiert?«

»Tante Pearl wollte gerade –«

Sie grinste mit verschränkten Armen. »Ich habe Cen gesagt, sie soll am Tor stehen bleiben, aber sie wollte nicht hören. Sie ist auf dem eisigen Beton ausgerutscht und hat das Gleichgewicht verloren. Zum Glück habe ich sie gerade noch zurückgehalten, sonst wäre sie ins Wasser gefallen und es wäre ihr wie dem da ergangen.« Sie zeigte auf die Bahre.

Ich starrte sie wütend an.

»Ich kann euch zwei nicht mal eine Sekunde lang allein lassen, ohne dass eine Katastrophe passiert.« Tyler zeigte auf das Tor. »Pearl, bring Ruby zu Cens Auto, damit sie sich aufwärmt. Cendrine, du kommst mit mir.«

Ich packte Tante Pearls Arm und flüsterte: »Der Ring ist in deiner Tasche, richtig?«

»Wahrscheinlich.«

»Kannst du wenigstens nachsehen?« Ich fühlte mich krank beim Gedanken an den Ring, der auf dem Boden des Pools lag. War der Ring die ganze Zeit in Tylers Jacke gewesen? Oder hatte Tante Pearl den Ring in seinem Jeep gefunden? Ich dachte nicht, dass sie etwas so Drastisches tun würde, aber ich konnte mir auch nicht vorstellen, dass Tyler so unvorsichtig war, einen teuren Diamantring in seiner Jackentasche zu lassen.

Es gab nichts mehr, was ich vor Tyler tun oder sagen konnte, da ich nicht einmal über den Ring Bescheid wissen durfte. Stattdessen habe ich Tante Pearl meine Schlüssel vor die Füße geworfen. »Stell die

Heizung an. Im Kofferraum findest du eine Decke und etwas Kleidung.«

Tante Pearl stemmte die Hände an ihre Hüften. »Warum darf Cendrine bleiben –?«

»Geh einfach.«, unterbrach sie Tyler. Er wartete, bis Tante Pearl auf der anderen Seite des Tores angelangt war und drehte sich dann zu mir um. »Was zum Teufel ist hier los?«

»Es – es tut mir leid. Plötzlich stand Tante Pearl am Pool. Sie verlor das Gleichgewicht und ich dachte, sie würde reinfallen, also hab ich sie gepackt. Stattdessen habe ich mein Gleichgewicht verloren.« Verlegen wandte ich den Blick ab. Mein Hintern hatte sogar eine Spur auf der frostigen Poolterrasse hinterlassen.

Tyler rieb sich die Stirn. »Sie macht Ärger, wohin sie auch geht. Ich hätte besser aufpassen sollen. Etwas … ich erinnere mich nicht, was … hat mich abgelenkt. Es ist seltsam … ich fühle mich nicht gut.«

»Ich auch nicht.« Meine Gedanken drifteten weiter und ich hatte Schwierigkeiten, mich auf die Gegenwart zu konzentrieren. Alles wirkte dunstig wie ein Tagtraum, wenn auch einer, der einem Albtraum ähnelte. Vielleicht war der Fluch doch echt.

»He!« Die Stimme eines Mannes ertönte hinter uns.

Ich drehte mich um und sah Lucky am Tor stehen.

Ich eilte auf ihn zu und blockierte ihm den Weg. »Du darfst nicht weitergehen. Was machst du hier? Du solltest doch am Ausschank in The Witching Post sein.«

Lucky runzelte die Stirn. »Nein, du hast mich hierher bestellt, um Fotos zu machen. Ich habe über eine Stunde an der Bar gewartet, Cen. Du hast vergessen, mich abzuholen.«

»Dieser Auftrag war für morgen, nicht für heute.« Lucky hatte nicht nur die falsche Uhrzeit und den falschen Tag, sondern ich war mir ziemlich sicher, dass ich Lucky keine Einzelheiten gegeben hatte. Ich war auch überzeugt davon, dass ich ihm nicht die Adresse mitgeteilt hatte, denn ich wollte ihn hinfahren. Ich hatte nie erwähnt, dass die Zeremonie im Rocklin stattfindet. Jason hätte es ihm sagen können, außer, dass Jason auch nichts von der Erneuerung des Eheversprechens wusste. Laut Steve und Serena waren Mama und ich die Einzigen, die dieses Geheimnis kannten. »Wer kümmert sich um die Bar?«

»Pearl, nehme ich an. Ich bin sicher, du hast gesagt, dass es heute ist.«

Ich holte tief Luft, um mich zu beruhigen. Lucky hatte die einfachsten Anweisungen vermasselt, die ich ihm vor weniger als einer Stunde gegeben hatte: Morgen um dreizehn Uhr an der Witching Post, muss aber noch bestätigt werden. War er wirklich so dumm, oder gab es noch einen anderen Grund? Ich erinnerte mich an das Gespräch, das ich zwischen Lucky und Jason in der Bar gehört hatte. Ich wusste es nicht genau, aber es klang fast kriminell. Hatte Luckys Anwesenheit einen unheimlicheren Grund oder war es wirklich nur ein Versehen?

»Nein, ich habe definitiv morgen gesagt. Pearl war die ganze Zeit bei mir, also hättest du es nicht von ihr erfahren können. Hast du überhaupt die Bar zugesperrt, bevor du gegangen bist?«

Lucky schwieg. Er drehte sich um, blickte in die Ferne und vermied jeden Augenkontakt. Sein mürrischer Gesichtsausdruck sagte mir, dass er nichts davon getan hatte. Mama hatte recht. Ihn einzustellen war ein kostspieliger Fehler.

Ich sagte: »Es gab eine Planänderung und wir brauchen keinen Fotografen.« Ich blickte zurück auf die Hecke, die den Pool umgab. Die eine bessere Hälfte des Paares war tot, es erschien mir so sicher wie das Amen in der Kirche, dass es keine Erneuerung des Eheversprechens gäbe.

»War es bestimmt nicht heute?«

Er wollte einfach nur recht behalten.

»Ich bin mir sicher, Lucky. Ich wollte dich fahren, erinnerst du dich? Vergiss es. Die Zeremonie ist abgesagt.«

Ich warf einen Blick auf den Parkplatz, aber es gab keine Spur von Luckys Pick-up. Wie er ohne Fahrzeug zur Villa gefahren war, zu der ich ihm noch nicht einmal eine Adresse gegeben hatte, war ein Rätsel.

Ich war so wütend auf Lucky, dass es mir in den Händen kribbelte, ihn zu verzaubern. Ein Zauber hatte den Nebeneffekt, Mamas Behauptung zu beweisen oder zu widerlegen, dass ihre Zaubersprüche deaktiviert waren, als sie versuchte, Steve zu retten. Aber das schien unethisch, also entschied ich mich dagegen.

Lucky schaute über mich hinweg zum Pool. Dann drehte er sich um und entdeckte die Feuerwehrautos und Tylers Jeep auf dem Parkplatz. Als er sich erneut zum Pool umdrehte, zeigte auf die Bahre. »Ist das der Heini, der heiraten wollte? Sieht aus, als hätte er kalte Füße gekriegt.«

KAPITEL 14

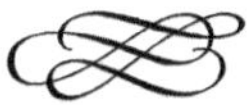

$\mathcal{D}$ie nächsten Stunden waren verschwommen. Tante Pearl fuhr Lucky in meinem SUV nach Hause. Die Gerichtsmedizinerin und die Polizei von Shady Creek trafen bald darauf ein. Die Pathologin nannte Ertrinken als vorläufige Feststellung der Todesursache, aber das bedurfte noch einer Bestätigung. Eine Autopsie würde bestimmen, ob er Wasser in der Lunge hatte, was darauf hindeuten würde, dass er am Leben war, als er ins Wasser ging. Die Todesart, ob Unfall, Mord oder etwas anderes, war immer noch unbekannt. Dies könnte man erst nach Abschluss der Autopsie bestätigen. Die Todesart festzustellen konnte ziemlich komplex sein. Das Vorliegen oder Nichtvorliegen anderer Verletzungen sowie die Beweise am Tatort müssten analysiert und bewertet werden.

Angesichts der ungewöhnlichen Umstände wurden die Leute von der Spurensicherung aus Shady Creek gerufen und bearbeiteten den Tatort, eine vorsorgliche Beweiserhebung, um Fremdeinwirkung auszuschließen oder auch nicht. War Steves Tod ein tragischer Unfall, Mord, oder gab es eine andere Ursache, wie den Rocklin-Fluch?

Ich stand am Pooltor und zitterte wegen meines durchgefrorenen, wunden Hinterns. Ich beobachtete ängstlich aus der Ferne. Ich hatte nur eine schwache Hoffnung, dass der Verlobungsring, wenn er denn wirklich in den Pool gefallen war, von der Polizei gefunden würde. Es wäre natürlich auch möglich, dass er für immer verschwunden war. Die Vorstellung erfüllte mich mit Angst. Ich atmete die kalte Luft ein und versuchte, mich zu beruhigen, während ich darauf wartete, dass Tyler mit den Leuten von der KTU aus Shady Creek fertig war. Sie schienen einzupacken, ohne dass es einen offensichtlichen ›Aha‹-Moment gab, weil sie einen Diamantring gefunden hätten. Die Gerichtsmedizinerin hatte Steves Leiche bereits wegbringen lassen und war auf dem Weg nach Shady Creek zur Autopsie.

Ich glaubte nicht daran, dass Steves Tod ein Unfall gewesen war. Ich glaubte auch nicht, dass es der Rocklin-Fluch war. Beides schien falsch zu sein, aber in meinem Zustand und mit meinen verstreuten Gedanken konnte ich nicht klar denken. Ich war noch nicht bereit, meine Bedenken mit Tyler zu teilen.

Abgesehen von der offensichtlichen Eigenart, dass Steve an einem kalten Februartag draußen schwimmen wollte, gab es andere Dinge, die mich beunruhigten. Die Terrasse war noch mit einer dünnen Frostschicht aus der vergangenen Nacht bedeckt. Mein Po-Abdruck war immer noch auf dem Beton zu sehen, ebenso wie die Fußabdrücke der Polizei, die sich auf einen deutlich markierten Weg beschränkten. Ich erkannte nun, dass es vor ihrer Ankunft keine anderen Fußspuren rund um den Pool gegeben hatte - einschließlich irgendwelcher Fußabdrücke, die von Steve hätten gemacht werden können. Die einzigen sichtbaren Spuren gehörten zu Mama, offensichtlich wegen ihrer kleinen Füße sowie der markanten Trittfläche auf den Sohlen ihrer Holzschuhe.

Steve war fit, aber er war ein großer Mann, schwer genug, um Spuren auf dem frostbedeckten Beton hinterlassen zu haben. Seine Spuren hätten stundenlang sichtbar bleiben müssen. Dennoch haben Mama und ich nur wenige Stunden zuvor mit ihm im Haus gesprochen. Dann hatte ihn Mama erneut gesehen, nur wenige Minuten bevor sie ihn im Pool treibend fand. Wenn er nicht zum Pool gelaufen war, wie war er dann dorthin gekommen?

Vielleicht hatte ihn jemand dorthin getragen. Das schien unwahrscheinlich, da man hierzu zwei starke Männer brauchen würde. Doch Mama hatte niemanden anderen im Haus gesehen oder gehört.

Die Hintertür war geschlossen, jedoch nicht verriegelt. Eine gründliche Durchsuchung der Villa durch die Polizei von Shady Creek hatte keine anderen Personen im Haus gefunden. Jason hatte sich mit Steve gestritten. Wie lange hatte Jason den Parkplatz der Witching Post schon verlassen, bevor ich bemerkt hatte, dass sein Auto weg war? Jasons Aufbruch um die Zeit von Steves Tod herum ließ die Möglichkeit zu, dass er darin verwickelt sein könnte. Wohin war Jason gegangen, nachdem er die Witching Post verlassen hatte? Die einzigen geöffneten Geschäfte waren der Gemischtwarenladen, ein Damenbekleidungsgeschäft und ein Café, Orte, die einen Mann wie Jason wahrscheinlich nicht ansprechen würden. Oder vielleicht war er auch nur durch die Gegend gefahren. Jedenfalls hatte er kein Alibi.

Ich erinnerte mich an Jasons seltsames Gespräch mit Lucky. Hatte er Lucky erzählt, wo Steve und Serena wohnten? Wenn ja, warum hatte er einem Fremden den streng geheimen Standort der McCoys offenbart? Luckys Behauptung, ich habe ihm die falschen Daten genannt, klang dürftig. War es eine hastig erdachte Lüge, um seine Anwesenheit in der Villa – und am Tatort – zu erklären? Lucky hatte auch kein Alibi und noch wichtiger, keinen Grund, dort zu sein.

Meine Gedanken wurden von Reifen unterbrochen, die auf dem Schotter knirschten. Ich drehte mich um und sah, wie ein weißer SUV einer Luxusmarke die Einfahrt hinaufkam und dann aus dem Blickfeld verschwand, als er in die kreisförmige Einfahrt vor dem Haus einbog.

Ich ging zu Tyler und berührte seinen Arm, um ihn zu warnen. Ich flüsterte: »Serena McCoy, Steves Frau, ist gerade angekommen.«

KAPITEL 15

Serena stieg vom Rücksitz aus. Sie überquerte die Einfahrt, wo Tyler und ich außen am Tor zum Pool warteten. Sie hatte sich umgezogen und anstatt der Freizeitkleidung vom frühen Morgen trug sie nun bestickte Designerjeans und wadenhohe Lederstiefel. Ein weißer Angorapullover lugte unter einem wadenlangen Fuchsfellmantel hervor. Alles passte immer perfekt zusammen, sei es vor oder hinter der Kamera, aber das sollte sich bald ändern.

Sie winkte den Polizisten und Feuerwehrfahrzeugen, die vor der Tür geparkt waren und machte einen verwirrten Eindruck. »Was ist los? Warum sind all diese Fahrzeuge hier?«

»Tyler, das ist Serena McCoy.« Es klang beknackt, auf diese Weise eine weltberühmte Persönlichkeit vorzustellen. Jeder wusste, wer Serena war, auch Tyler. Man brauchte sie nicht vorzustellen.

Tyler räusperte sich. »Mrs McCoy, ich fürchte, ich habe schlechte Nachrichten.«

Serena drehte sich herum und suchte nach etwas Unpassendem. Als sie nichts Offensichtliches sah, verschränkte sie die Arme und fluchte vor sich hin.

»Was hat Jason jetzt schon wieder angestellt? Dieses Kind ist so selbstherrlich. Ich werde für den Schaden aufkommen, aber bitte sagen Sie es nicht –«

»Es ist nicht Jason, gnädige Frau.« Tyler hielt seine Stimme neutral.

»Lassen Sie uns hineingehen und ich werde es erklären.«

Serena nickte. »Weiß Steve es schon?«

»Genau darüber wollte ich mit Ihnen reden, Mrs McCoy.« Tyler nahm ihren Arm.

»Es hat da einen, äh, schrecklichen Unfall gegeben. Ihr Mann ist verstorben.«

* * *

STUNDEN SPÄTER, nachdem wir kurz nach Hause gefahren waren, um uns trockene Kleidung anzuziehen, kehrten Mama und ich in die Rocklin-Villa zurück. Nach Tylers Aussage hatte Serena auf unserer Anwesenheit bestanden.

Die Polizei von Shady Creek hatte auf Tylers Bitte hin das Grundstück untersucht, relevante Beweise gesammelt und das Haus geräumt. Als einzige Strafverfolgungsbehörde in der Stadt verließ sich Tyler stark auf die Forensik und Ermittlungsressourcen aus der größeren Stadt. Aber die eigentliche Untersuchung und ihre Schlussfolgerungen lagen letztendlich in Tylers Verantwortung.

Da die Ankunft der McCoys so neu war, gab es laut Aussage der Polizei von Shady Creek nicht viel am Tatort zu untersuchen. Dennoch schien es, dass man sich schnell für eine ungewöhnliche Todesursache entschieden hatte, ganz egal, was. Hatte es die Polizei eilig oder war sie durch einen hochkarätigen Todesfall unter Druck gesetzt worden? Was auch immer der Grund sein mag, es war nicht sehr vertrauenerweckend.

Mama und ich betraten die Villa und hielten an der Wohnzimmertür inne. Das geräumige, elegante Wohnzimmer fühlte sich nun höhlenartig und kalt an, trotz des lodernden Feuers, das Abby, Serenas Assistentin, entfacht hatte.

Tyler deutete uns an, wir sollen uns neben ihn auf eines der beiden übergroßen bordeauxroten Sofas setzen. Mama setzte sich neben Tyler und ich neben Mama. Serena und Abby saßen uns gegenüber auf einem dazu passenden Zweisitzer. In der Mitte befand sich ein massiver quadratischer Mahagoni-Couchtisch, der mit dem gleichen ineinander verschlungenen Rosen- und Blattmotiv wie der Kaminsims und andere Holzakzente im ganzen Haus geschnitzt war.

Abbys Arm war schützend um Serenas Schultergelegt, wie eine unterstützende Freundin und nicht wie die Angestellte, die sie eigentlich war. Serenas tränenüberströmtes Gesicht war von einem tiefen Purpur gerötet. Sie schaukelte hin und her und starrte in ihren Schoß, vermied Augenkontakt und sah völlig zerstört aus. Ich krallte mich an die samtige Armlehne des Sofas, fühlte mich unbehaglich und wünschte, ich wäre woanders.

Die freundliche Atmosphäre unseres ersten Treffens war verflogen und wurde durch eine Stimmung ersetzt, die sowohl traurig als auch feindselig war. Es war höchst ungewöhnlich für Mama und mich, anwesend zu sein, während Tyler dem Ehepartner eines Opfers schlechte Nachrichten überbrachte, aber Serena hatte darauf bestanden. Wie hätten wir ihr das verweigern können? Ich schauderte bei den Schlagzeilen, die man wahrscheinlich über die zum Scheitern verurteilte Zeremonie zur Erneuerung des Eheversprechens lesen würde. Es würde mit ziemlicher Wahrscheinlichkeit in die Realty-Show integriert werden, da Steves Tod nicht ungeklärt oder unbestätigt bleiben konnte. Es war schließlich eine Reality-Show, und einer der beiden Stars war plötzlich tot. Seine Geschichte würde veröffentlicht werden, egal was passiert. Das Team war zwar nicht da, aber ich fühlte mich immer noch nervös. Haben uns gerade versteckte Kameras aufgenommen? Vielleicht war ich einfach nur paranoid.

Tyler war Serenas Bitte zu unserer Anwesenheit nur widerwillig nachgekommen. Er gab uns strenge Anweisungen, keine Fragen zu kommentieren oder zu beantworten. Unsere Aufgabe war es, ruhig zu sitzen. Also taten wir unser Bestes, um stille Sofa-sitzende Bühnenrequisiten zu sein. Ich hoffte, dass unsere Zusammenarbeit Mama und Westwick Corners im Allgemeinen von jeglicher Schuld oder Klage fernhalten würde.

Serena sackte in das gegenüberliegende Sofa und machte einen belämmerten Eindruck. »Nein, nein, nein! Er kann nicht - «, jammerte sie und vergrub ihren Kopf in den Händen.

»Serena ist immer noch nicht in der Lage zu reden«, sagte Abby. »Können wir das vertagen?«

Tyler schüttelte den Kopf. »Nein. Es muss jetzt sein.«

Abbys Augen blitzten vor Wut auf, weil er sie so abgefertigt hatte.

Tyler warf einen Blick auf Serena, die müde ihre Zustimmung nickte.

Serena sagte: »Ich möchte, dass Abby bleibt. Sie ist meine vertrauliche Assistentin. Alles, was ich weiß, weiß sie. Alles und jedes Detail. Erzählen Sie mir noch einmal, was passiert ist.«

Tyler atmete tief ein. »Ruby kam mit Mustern zu Blumenarrangements vorbei. Steven bat Ruby, sie solle sie in der Küche ablegen. Aber als sie einen Moment später nach ihm rief und keine Antwort bekam, fand sie ihn nicht ansprechbar im Pool.«

»Ich kann nicht glauben, dass er ertrunken ist. So ein schrecklicher, tragischer Unfall!« Abby schüttelte den Kopf.

»Er scheint ertrunken zu sein, aber wir können es noch nicht mit Sicherheit sagen«, sagte Tyler. »Die Gerichtsmedizinerin wird es bestätigen, sobald sie die Autopsie durchgeführt hat.«

»Es tut mir wirklich leid, Serena. Wenn es noch etwas gibt, was wir tun können ...«

Mamas Stimme ließ nach.

Ich tätschelte ihre Hand und flüsterte: »Wir sollen nicht reden, erinnerst du dich?«

Mama ergriff im Gegenzug meine Hand und sagte nichts mehr.

Abby erhob sich und wandte sich Serena zu: »Ich rufe den Publizisten und Agenten an. Wir müssen der Sache zuvorkommen.« Sie bemerkte Mamas verwirrten Gesichtsausdruck und fügte hinzu: »Schadensbegrenzung, bevor die Boulevardzeitungen ihre eigene Version der Ereignisse drehen. Bitte, kein Wort davon an irgendjemanden.«

Wären die Boulevardzeitungen so rücksichtslos, dass sie einen tragischen Tod sensationalisieren würden? Es war das erste, was mir in den Sinn kam. Die zweite Sache war der Rocklin-Fluch. Wie hoch war die Wahrscheinlichkeit, dass die ersten Gäste des Herrenhauses eine Tragödie erlebten?

Abby war bereits am Telefon und traf Vorkehrungen, als sich die Haustür öffnete.

»Schauen Sie, wen ich ums Haus herumlaufen gesehen habe.« Der große, muskulöse Mann, der an der Flurtür stand, war derselbe Mann, der beim Check-in des Teams in der Pension anwesend gewesen war. Neben ihm stand Tante Pearl, die im Vergleich dazu klein und dürr aussah.

Ihr schuldiger Gesichtsausdruck machte mich sofort misstrauisch. Sie hatte Angst vor dem Fluch, aber sie war trotzdem in die Villa zurückgekehrt. Sie hatte definitiv etwas vor, aber was genau, war ein Rätsel.

Mama sprang von ihrem Sitz auf. »Pearl! Du solltest doch an der Theke in The Witching Post sein.«

»Ich bin gekommen, um euch beide abzuholen, bevor es zu spät ist.« Sie verlagerte sich unruhig von einem Fuß auf den anderen und sah müde aus.

Tyler drehte sich um und warf ihr einen fragenden Blick zu. »Zu spät wofür?«.

Niemand antwortete. Tante Pearl konzentrierte sich auf Mama, und ich wiederum konzentrierte mich auf den Mann am Eingang. Und dann erinnerte ich mich, wo ich ihn bereits gesehen hatte. Er war in einigen Real McCoys-Episoden in stummen Rollen aufgetreten. Seine Größe und diese durchdringenden grünen Augen konnte man nur schwer vergessen.

Serena räusperte sich. »Das ist Danny Nastasio, mein Fahrer. Er war bei Abby und mir, als wir vorhin einkaufen waren.«

Danny bestätigte dies mit einem Nicken. Er ging hinüber und stellte sich an den Rand des Sofas neben Serena.

»Ihr drei wart die ganze Zeit zusammen?« fragte Tyler.

Serena nickte. »Danny blieb im Auto, während wir einkauften, aber er hatte direkt vor der Tür geparkt und die ganze Zeit dort gewartet. Wir waren ein paar Stunden dort, nicht wahr, Abby?«

Abby legte ihre Hand über ihr Handy. »Das ist richtig. Bunny sagte, dass wir heute ihre einzigen Kunden waren, also bin ich sicher, dass sie sich an uns erinnern wird.«

»Das hoffe ich doch. Diese Frau ist ein bisschen vergesslich und verwirrt«, sagte Serena. »Sie hat mir nur die Hälfte berechnet und dann zu viel Kleingeld zurückgegeben. Ich habe nur deshalb ein Outfit gekauft, weil mir die arme Frau leid tat. Die Kleidung dort ist mindestens zehn Jahre alt. Kein Wunder, dass ihr Geschäft Geld verliert. Am besten verkauft sie das Geschäft und geht in den Ruhestand.«

Mein Kleid war von Bunny's Key to Fashion. Zugegeben, ein Großteil ihres Inventars war längst über seine Blütezeit hinaus, aber mein Kleid war ein klassischer Stil, ein gefundener Schatz. Plötzlich zweifelte ich an mir selbst. War das wunderschöne Perlenkleid, das zu klein war, um über meinem Hintern zu gleiten, aus der Mode gekommen?

Pearl blieb an der Tür stehen. »Schau, was du angerichtet hast, Ruby.«

Mamas gefrorene Lippe zitterte, und sie war den Tränen nahe.

»Wer sind Sie und warum sind Sie immer noch hier?«, fragte Serena.

»Das ist Pearl West, meine Tante. Sie kam hierher, weil wir in unserer Pension in Westwick Corners gebraucht werden. Wenn es Ihnen nichts ausmacht, fahren wir zurück.« Ich hoffte, dass wir durch meine Lüge einen guten Grund hatten, Tyler zu verlassen, damit er eine ordnungsgemäße Befragung durchführen konnte. Ich wunderte mich auch über Serenas Team in der Pension. Lucky hatte sich unerlaubt entfernt, Tante Pearl war hier bei Mama und mir. Dann blieb nur noch Oma Vi. Das Schlimmste aber war, dass unsere Gäste kein Essen bekamen und unbeaufsichtigt waren.

Tyler warf ein: »Ruby, du gehst mit Pearl und ich fahre Cen später selbst nach Hause. Cen wird Notizen machen.

Ich suchte bei Serena nach einem Einwand. Sie antwortete mit einem gleichgültigen Schulterzucken.

Ich holte meinen Stift und mein Notizbuch heraus und blätterte zu einer leeren Seite. Hoffentlich könnte ich einige meiner Notizen für einen Artikel verwenden, aber das müsste ich zuerst mit Tyler klären. Boulevardgeschichten waren nicht meine Stärke, aber dies entwickelte sich zu einem Blockbuster. Geheime Ehegelübde und finstere Unfälle in einer geheimnisvollen, kleinen Stadt sorgten für spannende Page-Turner.

Serena würde mit ziemlicher Sicherheit einen Weg finden, dies in ihre Show einzuarbeiten. Danach hätte ich die entsprechende Pressefreiheit. Ich hatte keine Geheimhaltungsvereinbarungen unterzeichnet und auch nicht die Absicht, dies zu tun. Die Dinge begannen, interessant zu werden.

»Was zum Teufel geht hier vor?« Jason McCoy stand im Wohnzimmereingang und die Haustür stand hinter ihm weit offen.

Serena tupfte ihre Augen mit einem Taschentuch ab. »Jason, ich muss dir etwas sagen. Setz dich.«

Er betrachtete sie argwöhnisch. »Wieso? Wo ist Papa?«

Serena drehte sich zu Tyler um. »Sagen Sie's ihm.« Ich bringe es nicht übers Herz.«

KAPITEL 16

Nachdem Tyler Jason die schlechte Nachricht mitgeteilt hatte, bat er Jason, seinen Aufenthaltsort der letzten Stunden zu erklären.

»Ich bin zur Witching Post gefahren, um etwas zu trinken. Der Barkeeper wird sich an mich erinnern, weil ich ihm ein sehr schönes Trinkgeld gegeben habe.« Jason stand vor dem Kamin und wechselte von einem Fuß zum anderen.

»Wo sind Sie danach gewesen?«, fragte Tyler.

»Ich bin direkt hierhergekommen. Sind wir jetzt fertig?« Er blickte in den Flur, als ob er seine Flucht planen würde.

Ich erinnerte mich, dass Jasons Porsche nicht direkt vor der Witching Post geparkt war, als ich die Pension verlassen hatte, und er war nicht gerade ein langsamer Fahrer. Er hatte mit ziemlicher Sicherheit gelogen.

»Kann das jemand bestätigen?«, fragte Tyler.

Jason sah mich an, bevor er sagte: »Der Barkeeper.«

»Wer kümmert sich um die Bar?«

Jason zuckte mit den Schultern. »Ich weiß nicht, wie er heißt, aber ich bin mir sicher, dass Sie schlau genug sind, um es herauszufinden.

Ich bin dann oben.« Er ging an uns vorbei in den Flur, ohne ein weiteres Wort zu sagen.

Nachdem er gegangen war, sagte Serena: »Jason hat sich heute Morgen mit Steve gestritten. Ruby und Cendrine waren auch hier und haben das Ganze miterlebt. Er ist im Zorn gegangen, weil wir uns weigerten, ihm noch mehr Geld zu geben. Er hat noch nie in seinem Leben für irgendetwas gearbeitet. Steve hat für seinen teuren Sportwagen bezahlt, und wir haben auch seine Drogensucht finanziert. Wir haben ihn schließlich wegen seiner Sucht aus der Show geschmissen.«

»Glauben Sie, Jason hätte Steve etwas antun können?«, fragte Tyler.

»Was? Nein! Natürlich nicht.« Serena schniefte. »Jason ist ein verwöhntes reiches Kind. Er benimmt sich oft daneben und verlangt ständig Geld, aber Steve ermorden? Das ist, als würde man die Gans schlachten, die goldene Eier legt.«

»Hatte Steve irgendwelche Feinde, von denen Sie wissen? Irgendjemand, der ihm schaden wollte?« Tyler beobachtete Serena genau.

»Ich – ich glaube nicht. Zumindest nicht genug, um ihn zu töten«, sagte Serena. »Ich dachte, Sie sagten, es sei ein Unfall gewesen?«

Tyler schüttelte den Kopf. »Das habe ich nie gesagt.« Die vorläufige Schlussfolgerung zu seiner Todesursache ist zwar Ertrinken, aber wie genau das passiert ist, muss noch von der Gerichtsmedizinerin bestätigt werden.«

Abby unterbrach. »Was bedeutet, dass es ein Unfall ist.«

»Es ist noch zu früh, um das zu wissen«, sagte Tyler, als sein Handy brummte. Er hörte dem Anrufer zu und grunzte ein paar Worte als Antwort. Er steckte das Handy wieder in die Tasche und machte ein besorgtes Gesicht.

»Alles in Ordnung?«, fragte Abby.

Er gab ihr ein Zeichen, ihm zu folgen. »Sie gehen nirgendwohin, ohne vorher mit mir zu sprechen. Ich melde mich später am Nachmittag.«

yler war zu uns zu einem späten Abendessen in die Pension gekommen. Wir aßen in der Küche, nach ein paar anstrengenden Stunden der Zubereitung und des Servierens des Abendessens für unsere Gäste im Speisesaal. Es war schon nach zwanzig Uhr als wir aßen und aufräumten. Mama und Tante Pearl waren bereits in die Witching Post gegangen, um an der Bar Getränke auszuschenken.

Als wir die kurze Strecke zur Bar gingen, kamen wir an Jasons Porsche vorbei. Er parkte in der Nähe der Einfahrt, bereit für eine schnelle Flucht. Dort standen noch andere Fahrzeuge, darunter Serenas weißer Mercedes.

Wir betraten die Bar, in der sich das ganze Team befand und sich volllaufen ließ. Serena und Co. waren ebenfalls anwesend. Glücklicherweise hatten sie Tylers Forderung respektiert, die Stadt nicht zu verlassen.

Abby stand auf der Bühne, die normalerweise für Live-Musik genutzt wurde und informierte alle über Steves tragischen Tod. Es gab nicht viel zu erzählen, zumindest nicht offiziell.

Ich hatte gespannt darauf gewartet, dass Tyler mich mit dem neuesten Update der KTU informieren würde. Wir saßen an einem kleinen Tisch in einer ruhigen Ecke der Bar, von den anderen Tischen entfernt. Niemand konnte unser Gespräch belauschen, und von unserem Standpunkt aus konnten wir jeden sehen, der sich näherte.

»Das ist viel besser«, sagte Tyler. »Es ist laut genug, sodass niemand unser Gespräch belauschen wird.«

Mama, die hinter der Bar stand und Tante Pearl half, entdeckte uns und lächelte.

Tyler deutete ihr an, zu uns zu kommen und drehte sich dann wieder zu mir um.

»Die Gerichtsmedizinerin hat mir gesagt, dass sie kein Wasser in Steves Lungen gefunden hat, was darauf hindeutet, dass er nicht ertrunken ist. Ertrunkene haben Wasser in der Lunge. Sie sterben an Asphyxie, da die Luft in ihren Lungen durch Wasser ersetzt wird. Sie ersticken, weil sie nicht atmen können.«

Ich keuchte. »Steve war also schon tot, als er ins Wasser tauchte?«

Tyler nickte. »Steve starb an einem stumpfen Gewalttrauma. Er wurde entweder auf den Kopf geschlagen oder er ist draufgefallen. Aber ich glaube nicht, dass er auf das Pooldeck gefallen ist. Die Größe und Lage seiner Wunde macht das unwahrscheinlich. Die Gerichtsmedizinerin glaubt, dass er mit einem großen, stumpfen Gegenstand, möglicherweise eine Art Waffe, seitlich am Kopf getroffen wurde.«

»Sie denkt, es ist Mord?«, flüsterte ich.

»So weit ist sie nicht gegangen. Sie hat es als unbestimmte Todesursache aufgrund eines stumpfen Gewalttraumas am Kopf eingestuft. Weiter wird sie nicht suchen, denn es wurde keine Tatwaffe gefunden und es gab auch keine offensichtlichen Anzeichen eines Kampfes. Sie kann nicht mit Sicherheit sagen, ob es sich um ein Tötungsdelikt handelt, es sei denn, mehr Beweise deuten darauf hin. Sie hatte die Wahl zwischen Unfall, Mord, natürliche Ursachen, wie ein Herzinfarkt oder Schlaganfall, Selbstmord oder unbestimmt.«

»Das war's dann? Keine weiteren Ermittlungen?« Ich nippte an meiner Diät-Cola, während mein Magen knurrte.

»Das habe ich nicht gesagt. Ich muss immer noch die Alibis aller und mögliche Motive überprüfen. Aber das enge Zeitfenster eliminiert fast alle, denn nur Ruby hat Steve noch wenige Minuten vor seinem Tod gesehen.«

Mama stand neben mir und hatte ruhig zugehört. Sie zog einen Stuhl hervor und setzte sich. »Du glaubst, Steve wurde getötet?«

»Es ist nur eine von vielen Möglichkeiten, aber wir können es nicht ausschließen«, sagte Tyler.

Mama atmete tief ein. »Ich denke, ich habe das vorher nicht klar gemacht, aber äh … ich habe Steve nicht wirklich gesehen. Ich habe ihn nur gehört. Ich klopfte ein paar Mal an, bevor er mir sagte, ich solle hereinkommen und die Muster zu den Blumenarrangements auf die Küchentheke stellen, was ich auch tat. Gerade als ich ging, erinnerte ich mich daran, dass ich einige Fragen zum Menü hatte, die nicht warten konnten. Es schien albern, hin und her zu schreien, also ging ich einfach zum Pool, weil ich wusste, dass er schwamm. Ich verstehe nicht, wie er in einem Moment am Leben und im nächsten tot sein konnte.«

»Bist du sicher, dass es Steve war, mit dem du gesprochen hast?«, fragte ich.

»Hast du seine Stimme wiedererkannt?«

»Ich dachte, er wäre es, ja. Ich habe ihn vielleicht nur einmal im wirklichen Leben getroffen, aber ich schaue mir diese Show seit Jahren an. Ich bin mir sicher, dass es seine Stimme war. Auf der anderen Seite hatte ich nicht erwartet, dass sich jemand anderes für ihn ausgibt, also habe ich nicht darüber nachgedacht.« Mama riss die Augen auf. »Glaubst du, es war jemand anderes?«

Tyler legte seine Hand auf Rubys. »Ich weiß es noch nicht, aber ich werde es herausfinden.«

Mama drehte sich zu mir um. »Bitte, kein Wort davon an irgendjemanden.« Sie wird etwas Drastisches tun, wenn sich herausstellt, dass die Stimme, die ich gehört habe, nicht wirklich Steve war. Sie wird den Fluch dafür verantwortlich machen.«

»Kein Wort von dir zu irgendjemanden, Ruby«, sagte Tyler.

Ich nickte. »Könnte es Jason gewesen sein, der zu dir gesprochen hat, Mama? Sein Auto war vom Parkplatz der Witching Post verschwunden, als ich ging. Er klingt ein bisschen wie Steve. Er könnte gelogen haben, als er sagte, wo er war. War sein Auto noch an der Witching Post geparkt, als du gegangen bist?«

Mama runzelte die Stirn. »Ich glaube, es war schon weg, als ich ging. Ich erinnere mich nicht, es gesehen zu haben, aber ich war so darauf konzentriert, die Blumenmuster zu den McCoys zu bringen, dass ich nicht wirklich darauf geachtet habe.«

»Wer sonst hatte noch Zugang zum Haus?«, fragte ich. »Je mehr Menschen wir eliminieren können, desto eher kann man es eingrenzen. Danny, Serenas Fahrer, hatte wahrscheinlich auch Zugang zum Haus.«

Mama schüttelte den Kopf. »Ich habe ihnen zwei Schlüsselsätze gegeben, aber Danny fuhr mit Serena und Abby einkaufen, erinnerst du dich? Sie haben wahrscheinlich einen Schlüssel genommen. Ihr Kleid war von Bunny's Key to Fashion. Hast du schon mit Bunny gesprochen?«

Tyler nickte. »Sie hat alles bestätigt. Ich wünschte, ich hätte etwas mehr als einen Augenzeugenbericht. Sie sind oft unzuverlässig, und ich möchte an dieser Stelle niemanden ausschließen.«

»Werde ich etwa auch verdächtigt?« Mama machte große Augen.

»Theoretisch schon. Steve war jedoch mindestens siebzehn bis zwanzig Zentimeter größer als du. Es sei denn, du stehst auf einer Leiter oder einer Stufe, sonst wärest du nicht groß genug, um ihm auf den Kopf zu schlagen. Es war auch ein heftiger Schlag, von einer ziemlich starken Person.«

»Du denkst, ich bin klein und schwach?«

Es war schwer zu sagen, ob Mama es ernst meinte oder es Tyler nur schwer machen wollte.

Tyler konnte es anscheinend auch nicht sagen. »Natürlich nicht, Ruby. Du bist einer der stärksten Menschen, die ich kenne. Ich habe noch niemanden völlig ausgeschlossen, dich inbegriffen. Aber in Anbetracht der bisherigen Erkenntnisse, geht meine Suche eher in eine andere Richtung.

»Apropos andere Richtungen, ich gehe lieber zurück zur Pension und prüfe nach, ob Pearl alle Zimmer sauber gemacht hat, während unsere Gäste noch hier an der Bar sind.« Mama schob den Stuhl zurück und erhob sich müde. »Es war ein langer Tag gewesen.«

Nachdem Mama außer Hörweite war, beugte sich Tyler zu mir

vor. »Lass uns über Motive sprechen. Der Ehepartner ist meistens zu achtzig Prozent der Mörder. Ich habe herausgefunden, dass Steve und Serena vor ein paar Monaten große Lebensversicherungen abgeschlossen haben. Ein tödlicher Ausrutscher und Sturz mit Unfalltod verdoppelt die Auszahlung.«

Ich war skeptisch. »Sie sind stinkreich durch ihre Reality-Show, also brauchen sie das Geld nicht. Und ohne Steve gibt es keine Real McCoys Show mehr. »Finanziell gesehen, macht es keinen Sinn. Darüber hinaus schienen sie sehr verliebt ineinander zu sein.«

»Du machst doch wohl Scherze, Cen, Sie streiten sich ständig in jeder Episode.«

»Du hast die Show gesehen?«

»Jeder hat diese Show gesehen. Ich wünschte, ich hätte es nicht. Sie ist übertrieben lächerlich.«

»Es ist wie das wahre Leben, nur übertrieben. Der Schockwert macht es bei jedem beliebt. Im wirklichen Leben sind die beiden echt süß und bodenständig«, sagte ich.

Tyler lachte. »Du bist so beeindruckt von ihrem Promi-Status, dass du die Dinge nicht objektiv betrachtest. So wie die auf dem Bildschirm miteinander umgehen, würde ich euch nie behandeln, auch wenn alles nur gespielt ist.«

»Es ist für die Einschaltquote.« Ich seufzte. »Es macht die Zeremonie zur Erneuerung ihres Eheversprechens umso romantischer – hätte sie gemacht.«

»Du findest das romantisch? Na, dann warte mal bis morgen Abend.« Tyler langte über den Tisch und packte mein Hand. »Ich habe die Absicht, dich zu überraschen.«

»Ich kann es kaum erwarten.« In Wahrheit hatte ich Angst. Angst davor, dass Tante Pearl den Verlobungsring nicht rechtzeitig findet, um ihn wieder in Tylers Tasche zu legen. Diamantringe waren teuer, aber unsere Beziehung war unbezahlbar, und ich könnte es nicht ertragen, sie zu beschädigen.

Ich wartete an der Bar, während Tante Pearl unsere Drinks nachfüllte. »Hast du zufällig den Ring wiedergefunden, Tante Pearl?«

»Schaff mir diese Leute vom Hals und dann hab ich vielleicht etwas Zeit, danach zu suchen.« Sie stellte die beiden Gläser so hart auf die Theke, dass der Inhalt überschwappte.

»Es wäre besser für dich, wenn du ihn finden würdest.« Und halte dich aus den Ermittlungen raus.«

Tante Pearl scheuerte einen imaginären Fleck auf der Theke. »Droh mir nicht, Cendrine. Ich tue, was ich kann, wenn ich dazu bereit bin. Rubys Gier hat das alles mit sich gebracht. Sprich mit ihr. Vielleicht ist es noch nicht zu spät, den Fluch umzukehren.«

Ich hatte keine gute Antwort, also nahm ich die beiden Gläser und trug sie zurück zu unserem Tisch. »Ich komme immer wieder auf Jason zurück«, sagte ich zu Tyler. Ich erklärte die zeitliche Diskrepanz zwischen Jasons Zeitfenster und seinem vermissten Auto, als ich die Pension verließ, um zur Rocklin Villa zu fahren.

Tyler nickte. »Jason hat mehrere Motive, aber warum sollte er Serena, seine Stiefmutter, am Leben lassen? Er hätte vermutlich alles geerbt, wenn sie beide gestorben wären. Stattdessen erbt sie alles.«

»Das stimmt, wenn es vorsätzlich war«, sagte ich. »Vielleicht hat er seinen Vater in einem Wutanfall getötet.«

Wir verbrachten die nächsten anderthalb Stunden damit, die Details sorgfältig durchzugehen. Serenas und Abbys Behauptung, zum Zeitpunkt von Steves Tod zusammen eingekauft zu haben, hat sich bestätigt, sodass beide ein Alibi haben. Serena und Abby hatten bei Bunny's Key to Fashion eingekauft, während Danny vor dem Laden wartete, um die beiden Frauen sowie Bunny, die Ladenbesitzerin, die das Alibi der drei bestätigt hatte.

»Sie geben sich alle untereinander ein Alibi, aber glaubst du ihre Geschichte?«, fragte ich.

Tyler zuckte mit den Schultern. »Es spielt keine Rolle, was ich glaube, wenn das Alibi stimmt. Bunny hat alles bestätigt, aber ich muss immer noch die Kameras überprüfen.« Glücklicherweise befand sich Bunnys Geschäft in der Main Street, und einige der Geschäfte hatten Überwachungskameras. Das Filmmaterial würde ihre Aussagen entweder bestätigen oder widersprechen. Es war nur eine Frage der Zeit, das Kameramaterial zu überprüfen.

»Bunnys Bestätigung ist nicht so zuverlässig, da ihr Gedächtnis nicht mehr so großartig ist.« Bunny befand sich in den frühen Stadien der Demenz. Sie betrieb immer noch den Laden, weil sie ihn liebte, jedoch nur ein paar Stunden am Tag und mit viel Hilfe. Vertrauenswürdige Freunde kamen auf einen Kaffee und ein Gespräch vorbei, aber sie verkaufte nur sehr wenig. Bunny konnte es sich leisten, den Laden zu schließen und in den Ruhestand zu gehen, aber er blieb offen, weil er ihr Lebenssinn war.

»Das ist wahr«, sagte Tyler. »Ich habe Gertie angerufen, um es zu bestätigen, aber sie ist auf einer Karibik-Kreuzfahrt unterwegs. Niemand sonst konnte ihre Schicht übernehmen, also arbeitete Bunny allein im Laden.« Gertie half Bunny normalerweise während der Woche. Wenn sie von ihrer Kreuzfahrt zurückkehren und entdecken würde, was ihr entgangen war, wäre sie überrascht.

Tyler sagte: »Die Gerichtsmedizinerin legt den Todeszeitpunkt von Steve auf eine Stunde vor Rubys Fund fest. Das beruhte auf seinem unverdauten Mageninhalt. Natürlich wussten wir das bereits, aber es bestätigt Rubys Aussage. Es ist so ein solch kurzer Zeitrahmen, dass es schwer ist, jemanden zu finden, der den Mord begeht und keine Spuren hinterlässt. Du und Ruby habt Steve gegen zehn Uhr morgens zusammen mit Serena gesehen. Kurz nachdem Serena, Abby und Danny zum Einkaufen gegangen sind, kehrt Ruby gegen elf Uhr dreißig zurück und spricht mit jemandem, der genau wie Steve klingt. Ein paar Augenblicke später entdeckt Ruby Steve tot im Pool.«

»Das ist ein sehr kleines Zeitfenster für eine ebenso kleine Anzahl von Menschen, die sowohl die Mittel als auch die Möglichkeit haben, ihn zu töten«, stimmte ich zu.

Tyler nickte. »Das sollte leicht herauszufinden sein.«

»Es könnte eine andere Erklärung geben. Vielleicht ist ihnen jemand hierher gefolgt?«

»Wie ein Stalker?«, fragte Tyler.

»Womöglich. Aber es scheint mehr persönlich als zufällig. Angenommen, es ist wirklich Mord und nicht nur ein tragischer Unfall.«

Tyler nickte. »Lasst uns diese Spur verfolgen. Wir müssen einen Unfalltod ausschließen. Ruby hat gute Arbeit beim Renovieren geleistet, aber die Rocklin-Villa ist alt und voller Gefahren. Einige der Pflastersteine sind uneben, und die Terrasse ist sehr rutschig, wenn man barfuß geht, weil sie mit Frost bedeckt ist. Die Kälte wäre sogar schmerzhaft. Warum sollte jemand bei Minusgraden barfuß über eine eisige Zementterrasse gehen?«

»Steve trug Flip-Flops, als wir ihn heute früh gesehen haben. Da bin ich mir ziemlich sicher. Hat er seine Flip-Flops vergessen, als er nach draußen ging?«

Tyler schüttelte den Kopf. »Ruby sah seine Flip-Flops nicht am Pool, und die Polizei von Shady Creek konnte weder innerhalb noch außerhalb des Hauses irgendwelche finden.«

»Der Abstand von der Tür zum Beckenrand beträgt mindestens sechs Meter«, sagte ich. »Steve musste gehen, um zum Pool zu gelangen. Schuhe oder keine Schuhe, er hat keine Fußspuren hinterlassen. Die Terrasse war mit Frost bedeckt, also warum gab es keine Spuren, die von seinen Füßen hinterlassen wurden, als er zum Pool ging?« Ich dachte an meinen Poabdruck, als ich hingefallen war. Mein Hintern hatte einen sichtbaren Eindruck hinterlassen, warum also nicht Steves Fußabdrücke? Steve, ein Mann, der gut und gerne doppelt so groß ist wie ich, hätte unmöglich auf der frostigen Oberfläche gehen können, ohne eine Spur zu hinterlassen.

Tyler kratzte sich nachdenklich am Kinn. »Da hast du recht«. Keine Fußabdrücke von der Terrassentür bis zum Pool. Sonst nichts. Keine Radspuren, falls er dorthin bewegt wurde. Er ist ein großer Mann, also bezweifle ich, dass eine einzige Person ihn ohne Hilfe tragen könnte. Die Temperatur lag den ganzen Tag unter dem Gefrierpunkt, daher hätte das Eis nicht schmelzen und wieder gefrieren können.«

»Kann man überhaupt einen Unfall haben, bei dem keine äußeren Anzeichen rund um den Pool zu sehen sind? Keine Anzeichen von Ausrutschen und einem Sturz? Das glaube ich nicht. Deutet das Fehlen von Dingen, die da sein sollten, nicht auf Fremdeinwirken hin?«

Wir saßen ein paar Minuten schweigend da, umgeben von dem wachsenden Lärm der Stimmen, einige der Gäste betranken sich.

»Guter Punkt, Cen«, sagte Tyler. »Nehmen wir vorerst an, dass es Mord ist. Serena bestand darauf, dass niemand außer den Darstellern und dem Team wusste, dass die McCoys in der Stadt waren, aber jemand aus der Umgebung könnte neugierig genug gewesen sein, um herumzuschnüffeln. Möglicherweise sahen sie Hinweise auf Aktivitäten in der Villa und haben das Grundstück unbefugt betreten. Sie wurden von Steve überrascht, und dann wurden die Dinge hässlich.«

Ich war skeptisch. »Die meisten Leute denken, dass die Rocklin-Villa mit einem Fluch belegt ist und haben sogar Angst, daran vorbeizugehen, geschweige denn das Grundstück zu betreten. Wenn sie neugierig gewesen wären, hätten das Sicherheitstor und der Zaun sie aufgehalten. Ich habe keine Anzeichen eines Einbruchs entdeckt.«

Tyler seufzte. »Ein Eindringling hätte über den Zaun klettern können, sogar über diese hohen Stacheln. Das Eindringen wäre natürlich auf den Überwachungskameras festgehalten worden, von denen ich hoffe, dass sie alle funktionieren. Die Kameras decken den größten Teil des Grundstücks ab, aber es gibt ein paar tote Winkel. Ich bin gerade dabei, das Filmmaterial auszuchecken.«

»Mein sechster Sinn sagt mir, dass es etwas Persönliches ist«, sagte ich. »Der Mörder wusste, dass Steve in der Villa war und hatte ebenso Zugang.« Menschen töteten wegen persönlichen Vorteilen. Auftragskiller taten es für das Geld, aber da sie von jemandem angeheuert wurden, war es in gewisser Weise wieder persönlich. Freunde, Familie und Geschäftspartner hatten oft mehrere Motive. Geld und Macht, Ego, Geheimnisse, Eifersucht und Angst trieben sogar normale Menschen dazu, die abscheulichsten Verbrechen zu begehen. Es gab wahrscheinlich ein paar Leute, die es auf Steve McCoy abgesehen hatten.

Tyler nickte. »Kaum jemand hatte Zugang zur Villa und damit die Möglichkeit, Steve zu töten. »Serena, Jason, Abby, Danny, der Chauffeur. Und deine Mutter.«

»Mama würde niemals einen ihrer Kunden töten.«

Er hielt die Hand zum Protest hoch. »Ich weiß, dass sie keine Mörderin ist, und sie ist körperlich nicht in der Lage, jemanden zu töten, der doppelt so groß ist wie sie. Auf der anderen Seite war sie die letzte Person, die ihn lebend gesehen hat. Ich habe auch eine enge persönliche Beziehung zu deiner Mutter, und ich muss objektiv sein. Ich brauche einige Beweise, um sie definitiv auszuschließen.«

Tyler hatte recht. Er war, so hoffte ich, Mamas zukünftiger Schwiegersohn. Ich betete, dass es der Verlobungsring irgendwie zurück in Tylers Jackentasche geschafft hatte. Er trug jetzt eine andere Jacke. Vielleicht hatte er es noch nicht bemerkt, dass der Ring in der Tasche seiner Jacke auf dem Rücksitz des Jeeps fehlte.

»Ich denke immer noch, dass Jason etwas verbirgt. Er hat sich mit Steve und Serena um Geld gestritten und wurde kürzlich aus der Show gefeuert. Er ist immer noch finanziell von Steve und Serena abhängig. Er hat ein Drogenproblem, das ihn verzweifelt und bereit macht, große Anstrengungen zu unternehmen, um zu Geld zu kommen. Vielleicht haben sie miteinander gekämpft, Steve ist ausge-

rutscht und hatte einen tödlichen Sturz. Danach hat Jason sein Zeitfenster geändert, um sich selbst ein Alibi zu geben und alles rund um
den Pool aufgeräumt. Es könnte das fehlende Schuhwerk erklären.«
Ich erwähnte das Gespräch zwischen Jason und Lucky. »Ich habe
keine anderen Einzelheiten außer der Erwähnung von Geld gehört,
aber es klang sehr verdächtig.«

Es war, als ob Tyler nicht zuhörte. »Es gibt so oder so keine
Beweise. Kein Blut und keine Tatwaffe. Die Gerichtsmedizinerin
denkt, dass es im Bereich der Möglichkeit liegt, dass er zuerst mit
einem stumpfen Gegenstand getroffen und bewusstlos geschlagen
wurde, sagt aber, dass sie nicht behaupten kann, dass er getroffen
wurde, es sei denn, es gibt konkrete Beweise dafür. Ich muss sie dazu
überreden, die Todesursache von unbestimmt in Mord zu ändern,
Cen. Andernfalls wird der Bezirksstaatsanwalt niemals Anklage
erheben.«

»Vielleicht hat die KTU nicht intensiv genug nach einer Tatwaffe
gesucht«, sagte ich. »Würde nicht jeder halbwegs anständige Mörder
die Tatwaffe mitnehmen? Wer auch immer es getan hat, er war klug
genug, seine Spuren buchstäblich im Frost zu verwischen.«

»Die Gerichtsmedizinerin wird es nicht ohne weitere Beweise als
Mord bezeichnen. Das bedeutet zumindest, dass die Ursache für die
Wunde, die Steve getötet hat, zweifelsfrei geklärt werden muss. Sie
steht unter Druck, um den Bericht fertigzustellen. Sie wird wahr-
scheinlich die Todesursache als unbestimmt bezeichnen. Ohne
Tatwaffe –«

»Der Mörder kommt frei«, sagte ich.

»Es ist ein solch schwieriger Fall, Cen. Sie überprüft gerade alles,
aber obwohl es so aussieht, als wäre jemand nach Steves Tod
gekommen und eine Art Aufräumaktion durchgeführt hat, reicht das
nicht aus. Ohne konkrete Beweise, die etwas Unheimliches zeigen,
wird es als unbestimmt eingestuft werden.«

»Jemand hat Steve auf den Kopf geschlagen, Tyler. Ich weiß es, du
weißt es, und die Gerichtsmedizinerin weiß es. Warum kann sie das
nicht einfach so sagen?«

Er zögerte. »Unbestimmt lässt immer noch offen, ob und wann neue Beweise auftauchen. Aber jede Stunde und jeder Tag, an dem wir nichts finden, wirkt dem entgegen. Wenn wir jetzt nichts finden, sind die Chancen, es in Wochen, Monaten oder Jahren zu finden, gering. Serenas Anwältin setzt Brayden bereits unter Druck. Sie droht damit, Westwick Corners zu verklagen, wenn sich das herauszieht und zu einem Skandal wird.«

Brayden Banks, der Bürgermeister unserer Stadt, mein ehemaliger Verlobter, hatten null Rückgrat. Druck auf ihn bedeutete, dass er den Druck auch auf Tyler ausüben würde. Brayden vermied immer negative Werbung oder alles, was seine politischen Bestrebungen behindern könnte. Aber das war ein moralisches Problem, kein finanzielles, und es war schlichtweg falsch, Reichtum und Macht die Ermittlungen in einem Mordfall beeinflussen zu lassen.

Ich warf einen Blick auf Serena, die an einem großen Tisch mit ihrem Gefolge saß und an ihren verstorbenen Ehemann erinnerte. Sie schien wirklich traurig zu sein. War es echt, oder war es alles nur Schauspielerei wie The Real McCoys?

Ich nahm das Gespräch wieder auf. »Warum ist Brayden überhaupt involviert? Es ist eine polizeiliche Ermittlung, die nach einer medizinischen Todesursache sucht. Es ist nicht politisch und Serena kann die Stadt nicht verklagen.« Aber sie könnte Mama wegen eines Unfalls auf dem Gelände verklagen. Ich fürchtete, dies käme als Nächstes. Wenn es so wäre, wären wir finanziell ruiniert. Ein Angstgefühl übermannte mich.

»Es ist wahrscheinlich nur eine Angsttaktik, aber Serena wird nicht nachgeben«, sagte Tyler. »Sie will eine schnelle Lösung, damit die Geschichte verschwindet. Sie sagte, dass die ganze negative Werbung ihr zukünftiges Verdienstpotenzial verringert.«

»Steve war die Hälfte der Real McCoys. Serena verliert Geld, egal was passiert. Es ist nicht die Schuld der Stadt.«

Tyler seufzte. »Ich weiß. Das Problem ist, dass sogar eine frivole Klage die Stadt mit Anwaltskosten bankrott gehen lassen könnte. Wir müssten uns vor Gericht verteidigen und das kostet Geld. Wenn wir keine konkreten Beweise finden, können wir die Dinge nicht ohne guten Grund aufhalten. Wir haben einfach nicht genug Taschen, um gegen einen Millionär zu kämpfen, Cen.«

»Eine Sache ist sicher. Wäre es mein Mann gewesen, würde ich die Ermittlungen nicht beschleunigen. Ich würde darauf bestehen, dass jede kleinste Spur verfolgt wird.«

Tyler errötete. »Das ist äh ... wirklich gut zu wissen.«

Dieses Thema, das wir vermieden hatten, kam plötzlich in den Vordergrund. Mein Puls beschleunigte sich, als ich versuchte, meine Gedanken auszuführen. »Ich meinte nur, dass, ähem ... Serena von ihrem Wunsch, ihr Eheversprechen zu erneuern, von einem Moment zum anderen zur Entscheidung übergewechselt ist, ihren Mann so schnell wie möglich unter die Erde zu bringen. Sie sollte sich eher mehr Zeit für eine ordnungsgemäße Ermittlung wünschen, besonders wenn die Gerichtsmedizinerin keine endgültigen Antworten geben kann.«

»Man könnte denken, dass sie das tun würde, aber nicht jeder denkt so. Vor allem, wenn die Beweise nicht schwarz auf weiß vorliegen.«

Ich zog die Stirn in Falten. »Die Stadt zu verklagen ist das, was ein Tyrann tut, kein trauernder Ehepartner. Außerdem ist Steve auf Privatbesitz gestorben. Wo liegt da die Verantwortung der Stadt?«

»Die Anwälte werden behaupten, dass es die Stadt versäumt hat, das Schwimmbad zu inspizieren. Wenn sie es getan hätten, wäre es offensichtlich gewesen, dass der Pool nicht der Bauordnung entsprach.«

»Haben wir überhaupt eine Bauordnung? Wir sind kaum ein Dorf. Wie hängt das überhaupt mit Steves Tod zusammen?«

Er sagte: »Das ist es nicht. Aber nur die Klage wird uns vor Gericht bringen, und wir können uns keine Klage leisten.« Tylers senkte die Stimme. »Cen, ich muss dich etwas Wichtiges fragen.«

Unser Brainstorming hatte den Fokus von Unfall auf Mord verlagert, aber hatte es auch das Timing meines Heiratsantrags geändert? Was, wenn Tante Pearl den fehlenden Ring nicht gefunden hätte?

»Cen? Hörst du mir überhaupt zu?« Tylers Stimme brach in meine Gedanken ein.

»Äh, ja«, schluckte ich. In einigen Jahren würden wir beide nostalgisch auf diesen Moment zurückblicken, so seltsam er auch war. Es war nicht das geringste bisschen romantisch, aber Liebe war das, was zählte. Vielleicht war es kein schickes Abendessen, aber ich war sowieso zu fett, um mein neues rotes Kleid zu schließen. Ich atmete tief ein und lehnte mich an Tyler. »Frag nur.«

Er beugte sich vor und legte seine Hand über meine. »Was ich wissen muss, ist, ob das irgendetwas mit Magie zu tun hat?«

»*Das* ist deine Frage?« Das war *nicht* die Frage, die ich erwartet hatte. Als ich ausatmete und auf dem Stuhl zusammensackte, drückte sich mein neu erworbenes Bauchfett zusammen und schob sich gegen meinen Bügel-BH. Wie deprimierend. Auf der positiven Seite kam sicher sehr bald ein romantischer Vorschlag auf mich zu. Oder etwa nicht? Oder lag ich in allem völlig falsch?

»Warum regst du dich so auf?«, fragte Tyler.

»Ich – ich reg mich nicht auf.« Ich biss mir auf die Unterlippe und vermied Tylers Blick.

»Doch, tust du. Du blinzelst immer, wenn du sauer bist. Irgendetwas stört dich und ich weiß nicht was.«

Ich hätte Tyler sagen sollen, dass tatsächlich Magie involviert war. Aber durfte ich ihm überhaupt von dem Rocklin-Fluch erzählen? Eigentlich nicht. Hat das Reden über den Fluch den Fluch verstärkt? So oder so würde es Tante Pearl wütend machen, was den Ärger nicht wert war. Was würde sie mir antun? Mich auch verfluchen?

Und ich konnte auch nicht den Ring erwähnen, von dem ich nichts wissen durfte.

Anscheinend war ich bereits verflucht mit meiner ein Pfund-pro-Stunde Gewichtszunahme und Mamas Schema zum schnellen Reichtum, das auf eine Leiche und eine ganze Menge schlechter Werbung hinauslief.

Ich war wütend. Irrationell wütend, aber so was von. Alles lief schief und ich musste wütend auf jemanden sein, außer auf mich selbst. Hexerei oder nicht, unsere Familie würde in einem Schuldspiel entzweit bleiben, und wieder einmal war es an mir, eine Lösung zu finden. Ich musste diesen Fluch irgendwie aus dem Weg räumen.

Aber ich konnte es nicht an Tyler auslassen. Stattdessen sagte ich: »Ich hasse die Idee, dass jemand mit Mord davonkommt.«

»Dann beweise, dass es Mord ist, Cen. Hilf mir, die Tatwaffe, zu finden.«

KAPITEL 19

$\mathcal{E}$s war eine Mischung aus Regen und Schnee, als ich die Witching Post verließ. Tyler war wenige Minuten zuvor weggefahren. Er fuhr zurück in sein Büro, um sich die Überwachungsaufnahmen anzusehen. Ich fuhr zur Rocklin-Villa. Gruselig ja, aber mit Serena und ihrer Bande an der Bar wäre es wahrscheinlich meine einzige Chance, mich noch einmal am Pool umzusehen. Aber mein eigentliches Ziel war es, den Fluch ein für alle Mal zu verbannen.

Um es noch einmal zusammenzufassen, ich hatte jetzt drei fast unmögliche Ziele:

1. Die Tatwaffe zu finden,
2. Den Mordfall zu lösen und die Geschichte richtig zu stellen, um Serenas Behauptungen über den Unfalltod im Keim zu ersticken.
3. Den Fluch zu verbannen.

DIESE ZIELE BRACHTEN weitere Ziele mit sich. Wenn ich den Mord aufklären könnte, hätte ich vor allen anderen einen Einblick in die Geschichte von Steves tragischem Tod. Kurz gesagt, ich hatte eine Menge zu tun. Der eisige Regen durchnässte meine Jacke, als ich zu meinem SUV am anderen Ende des Parkplatzes rannte. Ich sprang auf den Fahrersitz und überprüfte mental meine To-Do-Liste, bevor ich das Auto startete.

Die Tatwaffe zu finden - wenn es eine gab - sollte ziemlich einfach sein, hexentechnisch gesehen. Theoretisch musste ich nur in die Rocklin-Villa zurückkehren und einen Rückkehrzauber ausführen, um die Ereignisse nacheinander zu wiederholen. Natürlich konnte ich Tyler nichts von meinen Plänen erzählen. Hier war ich also, verängstigt und hoffnungsvoll auf dem Weg zur Rocklin-Villa. Oder sehr wahrscheinlich auf dem Weg in den Ruin.

Um die Kette der Ereignisse umzukehren, war ein Rückkehrzauber zusätzlich zum Rückkehrzauber auf den Rückkehrzauber erforderlich. Fehler könnten buchstäblich eine Katastrophe bedeuten, denn wenn bei einer der Umkehrungen etwas schief ginge, könnte ich möglicherweise die Geschichte für jede einzelne Person verändern, die heute die Rocklin-Villa besucht hatte. Dazu gehörten die McCoys, ihre Mitarbeiter sowie die Polizei und Feuerwehr. Es umfasste sogar Tyler und mich sowie meine Familie. Es war eine unüberwindbare Menge an Multitasking für voneinander abhängige Ereignisse, selbst für mich. So viele Menschen waren vor Ort gewesen, und so viele Stunden waren vergangen.

Aber vielleicht gab es einen anderen Weg. Ich bezweifelte, dass die Leute von der Spusi vor Ort eine offensichtliche Tatwaffe übersehen hatten, aber was, wenn sie anders wäre als jede Tatwaffe, die sie erwartet hatten?

Ich hatte eine klitzekleine Ahnung, aber ich brauchte Hilfe von einer anderen Hexe. Mama kam nicht infrage. Sie war immer noch nicht über das hinweg, was passiert war, aber sie musste irgendwie weitermachen und das Abendessen für unsere Gäste zubereiten. Außerdem, da Mama Steves Leiche gefunden hatte, war sie direkt beteiligt. Tante Pearl war auch ein Tabu, selbst wenn sie nicht gerade als Barkeeperin beschäftigt war.

Es gab nur eine Hexe, an die ich mich anlehnen konnte, und das war Oma Vi.

* * *

DIE FAHRT zur Rocklin-Villa war tückisch. Der Schneeregen hatte sich in Hagel verwandelt, kurz nachdem ich die Witching Post verlassen hatte. Eisige Kügelchen prasselten auf die Windschutzscheibe und prallten von der Motorhaube ab. Ich blinzelte auf die Straße, die vor mir lag. Im Dunkeln war die Straße kaum sichtbar, und der Hagel fiel zu schnell, als dass die Scheibenwischer mithalten konnten.

Sie schwebte über dem Beifahrersitz und tadelte mich für das, was ich im Begriff war zu tun. »Du hast Tyler angelogen, indem du ihm gesagt hast, du würdest zu Hause bleiben, und du hast mich ausgetrickst, damit ich das Haus verlasse. Ich setze keinen Fuß auf Rocklin-Boden. Mach sofort kehrt und verlass diesen verfluchten Ort. Bring mich jetzt nach Hause, auf der Stelle!«

»Das geht nicht, bis ich gefunden habe, wonach ich suche.« Ich versuchte, so lässig wie möglich zu klingen, als ich durch die Rocklin-Tore fuhr. »Nur ein kurzer Umweg. Ich denke, ich kann den Fluch loswerden, aber es muss hier geschehen. Der Fluch existiert nur, weil wir denken, dass er es tut.«

Eigentlich glaubte ich das selbst nicht ganz, aber das war nur einer der Gründe für meinen Besuch.

Als ich den Parkplatz erreichte, trat ich auf die Bremse, als ich Serenas weißen SUV entdeckte. Als ich wegfuhr, war er noch auf dem Parkplatz der Witching Post, und ich hatte sie nicht gehen sehen. Sie musste die Bar nach mir verlassen haben, machte sich aber früher auf den Weg, während ich noch auf dem Parkplatz stand. Auf der Fahrt hierher, hatten mich keine Autos überholt und es ist die einzige Straße.

Plötzlich hörte ich laute Stimmen, die nach draußen drangen. Ich nahm meinen Fuß vom Bremspedal, bereit, schnell wieder aufs Gaspedal zu treten, aber die Stimmen versiegten. Ich war mir meines Plans nicht mehr sicher, besonders als ich das Lachen hörte. Aber es war meine einzige Chance. Ich musste meinen Plan jetzt ausführen, sonst würde es nie klappen. Und ich musste es tun, ohne entdeckt zu werden.

Serena war sternhagelblau. Ihre Worte waren verwaschen, und was sie als nächstes sagte, schockierte mich.

»Jason ist dafür verantwortlich. Wäre er zu Hause geblieben, wäre das nie passiert. Steve wäre nicht alleine geschwommen.« Serena sprach abgehackt, sie hatte einen Schluckauf. »Aber vielleicht wäre es egal gewesen. Jason hätte Steve wahrscheinlich sterben lassen.«

»Das ist doch nicht dein Ernst.« Abbys Stimme war ebenso unverwechselbar, auch aus der Ferne. Aber im Gegensatz zu Serena war sie nüchtern.

»Doch, doch, das glaube ich. Jason ist froh, dass Steve tot ist. Keine verlorene Liebe zwischen diesen beiden. Er wünscht sich wahrscheinlich, ich wäre auch tot.«

So sehr ich auch in Hörweite bleiben wollte, jeder, der aus dem Fenster schaute, hätte mich bemerkt. Ich fuhr langsam und parkte am anderen Ende der Einfahrt, am weitesten vom Hinterhof und Pool entfernt. Mein Fahrzeug war immer noch sichtbar, aber nur, wenn sich jemand, der das Haus verließ, umdrehte und zurückblickte. Ich stieg aus dem SUV und schlich mich zu den Stimmen, um zuzuhören. Oma Vi schwebte ein paar Meter hinter mir. Eine der großen Flügeltüren des Wohnzimmers war weit geöffnet. Es lag zur Vorderseite des Hauses und war von einer kleinen Veranda mit einer Sitzecke umgeben, die von einer etwa sechzig Zentimeter hohen Backsteinmauer gesäumt war. Selbst in der Dunkelheit würde mich jeder, der nach draußen schaute, leicht entdecken. Ich kauerte im Gras in der Nähe der Wand und dachte, dass es das Risiko wert war. Ich hoffte, einige Informationen aus ihrem Gespräch zu gewinnen. Ich war bald enttäuscht, als sich das Gespräch plötzlich ums Essen drehte.

»Ich habe Hunger«, klagte Serena. »In dieser Stadt gibt es nichts zu essen.«

»Ich werde Ruby anrufen und sie bitten, etwas herzubringen«, sagte Abby.

»Wenn sie so gut kocht, wie sie backt, verhungere ich lieber.«

Oma Vi schnaubte. »Diese Frau geht mir buchstäblich auf den Geist!«

»Ruhe!« Ich wedelte mit der Hand und bereute es sofort, da niemand außer mir Oma Vi hören konnte. Sie konnten mich aber durchaus hören.

»Was war das für ein Lärm?«, fragte Abby.

»Welcher Lärm? Lass uns nach Shady Creek fahren und ein anständiges Restaurant suchen. Ich sehne mich nach Italienisch.« Serena brach in Tränen aus. »Pasta war Steves Lieblingsessen.«

»Schnappt euch eure Sachen und ich hole das Auto«, sagte eine männliche Stimme.

Ich vermutete, dass es Danny war, Serenas Fahrer.

Ich würde auffliegen, wenn ich nicht schnell verschwinden würde. Mein Herz klopfte, als ich mich hinkniete und auf allen Vieren an der Terrasse und den offenen Türen vorbeikroch, wobei mich die kleine Mauer vor Blicken schützte. Kaum war ich daran vorbeigekommen, stand ich auf und schlich mich hinter den Vordereingang und um die gegenüberliegende Seite des Hauses herum, dort, wo sich der Pool befand. Abgesehen von den zweiten Flügeltüren, die zum Pool führten, war dieser Teil des Hauses fensterlos. Zum Glück waren die Jalousien heruntergelassen. Ich positionierte mich in der Nähe des Seiteneingangs und der Lorbeerhecke, wo ich wahrscheinlich nicht entdeckt würde. Es war außer Sichtweite, wohl vom Haus aus als auch von der Vorderseite, wo Serenas SUV geparkt war. Wir mussten nur warten, bis sie gegangen waren.

Allerdings gab es da ein Problem. Mein Auto war draußen geparkt. Vielleicht hätten sie es eilig und würden nicht zur Seite des Hauses blicken und es entdecken. Ich hielt den Atem an und hoffte auf das Beste, während ich mich auf das Schlimmste vorbereitete.

Ich atmete tief durch, als ich über meine nächsten Schritte nachdachte.

Oma Vi flitzte verzweifelt hin und her. »Du kannst keinen Fuß in dieses Haus setzen, Cendrine.«

»Ich muss nicht rein.« Zuzugeben, dass ich bereits drinnen gewesen war, würde sie nur noch mehr verärgern. Oma Vi schwebte neben mir, als ich meinen Körper gegen die hohe Lorbeerhecke drückte. Die spitzen Äste durchbohrten meine Winterjacke und die Jeans und erzeugten schmerzhafte Druckpunkte an Armen und Beinen, als ich meinen Körper noch weiter in die stachelige Hecke drückte.

Dann schlug die Haustür zu, gefolgt von schnellen Schritten und Stimmen, die mit jeder Sekunde verblassten. Augenblicke später schlugen Autotüren zu und ein Motor sprang an. Autoreifen knirschten auf dem Kies und schließlich herrschte Stille. Ich schaute gerade noch rechtzeitig um die Hecke und sah, wie die Rücklichter um die Kurve der Einfahrt verschwanden. Es war meine einzige Chance zu sehen, was ich mit einem Zauberspruch bewerkstelligen könnte. Die Chancen waren gering, dass mein Plan funktionieren würde, aber es war einen Versuch wert.

KAPITEL 20

Oma schwebte vier Meter über mir Schmiere. Ihr Aussichtspunkt erlaubte es ihr, mich zu warnen, wenn jemand die Einfahrt der Rocklin-Villa hinauffuhr oder wenn andere Leute aus dem Haus kämen. Ich bezweifelte, dass noch jemand drinnen war, aber ich wusste es nicht mit Sicherheit.

Sie flüsterte: »Beeil dich, Cendrine! Jede Minute, die wir hier verbringen, ist eine Minute zu lang.«

Mein Puls beschleunigte sich, als ich mit meiner Taschenlampe auf der Betonterrasse neben dem Pool stand und den Bereich nach allem absuchte, was nicht dazugehörte. So etwas wie eine Tatwaffe. Es war lächerlich zu glauben, dass ich etwas finden würde, da die Polizei die Gegend bereits durchkämmt hatte. Sie hatten wahrscheinlich nichts übersehen, aber es war einen zweiten Blick wert, auch wenn es im Dunkeln war. Es war ein letzter verzweifelter Versuch, meine Theorie zu beweisen, dass Steves Tod alles andere als ein Unfall war. Es war jedoch nicht der Hauptgrund, warum ich hier war.

Oma hatte in meinen Gedanken gelesen. »Alles ist möglich, aber du musst jetzt tatsächlich etwas *tun*. Hör auf herumzustehen und mach es.«

»Okay, okay, aber Eile stresst mich.« Die Wahrheit war, ich war nervös. Nervös, dass ich nicht in der Lage sein würde, den Zauber auf einem Grundstück auszusprechen, auf dem unsere Hexenkräfte dramatisch verringert worden waren. Mamas Kräfte hatten überhaupt nicht funktioniert, als sie versuchte, Steve zu retten. Warum sollten meine jetzt funktionieren?

Nein.

Positiv denken!

Ich atmete tief ein und ging näher an den Pool heran. Ich konzentrierte meine Gedanken. Ich hielt meine Hände hoch, die Handflächen nach außen und sagte:

HIER GEHÖRT ETWAS NICHT HIN,
Es macht einfach keinen Sinn,

ENTHÜLLE DIE TATWAFFE, *komm herbei*
Hilf uns, den Feind zu finden, eins, zwei, drei.

ICH WARTETE UND WARTETE, aber es passierte nichts.

»Versuch mal, dich in eine andere Richtung zu drehen«, schlug Oma Vi vor.

Ich drehte mich nach links und wiederholte den Zauberspruch.

Immer noch nichts.

Ich drehte mich nach rechts und wiederholte den Zauberspruch. Egal in welche Richtung ich mich drehte, es passierte nichts.

Ich blickte zu Oma Vi auf. »Mach ich was falsch?«

Sie runzelte die Stirn. »Nein, es ist dieser verfluchte Ort. Unsere Zaubersprüche scheinen hier nicht zu funktionieren. Oder es könnte sein, dass es tatsächlich ein Unfall war und es keine Waffe zu finden gibt. Das werden wir vielleicht nie erfahren.«

»Da musste es noch etwas anderes geben, was ich versuchen könnte. Ein anderer Zauberspruch vielleicht?« Ich könnte jetzt gehen, aber dann wäre diese riskante Operation umsonst gewesen.

Oma Vi seufzte. »Nichts wird funktionieren, es sei denn, du brichst den einzigen Zauber, der alles andere blockiert. Den Rocklin-Fluch.«

Ich schwenkte meine Taschenlampe ein letztes Mal um den Poolbereich. Keine Tatwaffen jeglicher Art, noch nicht mal eine Schwimmnudel. Ich lief zum Tor zurück.

In diesem Moment leuchtete meine Taschenlampe auf etwas Weißes, das unter der Hecke hervorblitzte.

»Warte! Vielleicht hat mein Zauber doch geklappt. Ich hab was gefunden.«

Ich ging näher und kniete nieder. Ich streckte meinen Arm unter die Hecke. Meine Hand umfasste einen kleinen matschigen, nassen und beschmutzten Zettel. Ich hob ihn vorsichtig hoch, wischte ihn mit den Fingern ab und enthüllte Zahlen in hellviolett-blauer Tinte.

»Was ist das?«, fragte Oma.

Ich stand auf und hielt das Papier unters Licht. »Es ist leider keine Tatwaffe. Nur ein altmodischer Kassenbeleg.« Es gab keine Details, die die gekauften Artikel identifizierten, nur drei Zeilen mit Preisen, die als Artikel eins, Artikel zwei, Artikel drei identifiziert wurden.

Ich wollte es gerade wegwerfen, als Oma Vi herabschwebte, um es sich genauer anzusehen.

Sie schaute mir über die Schulter. »Hmmm. Die Dinge sind nicht immer offensichtlich, Cen. Es könnte ein Hinweis sein, der dich zur Waffe führt.«

»Du willst nur, dass ich mich besser fühle. Die Tatwaffe hatte ich mir irgendwie schwerer vorgestellt, so wie einen Ziegelstein, nicht als ein einfaches Stück Papier.« Aber Oma könnte recht haben. Meine Gedanken blitzten zu einem Spiel auf, das ich als Kind gespielt hatte.

Schnick, Schnack, Schnuck.

Die Spielregeln lauteten: Schere schneidet Papier, Papier umwickelt Stein, Stein zerbricht Schere. *Papier umwickelt Stein.* Es könnte ein Zeichen sein, aber wofür? Ich hatte keine Ahnung. Zaubersprüche erwiesen sich aus vielen Gründen oft anders als erwartet. War die Quittung eine Art kranker Rocklin-Fluch-Witz? Ich bezweifelte, dass die Polizei von Shady Creek während ihrer Ermittlungen so offensichtliche Beweise übersehen hätte. Doch ich war nicht ganz davon überzeugt, dass es durch meinen Zauberspruch dort hingeflattert war.

Magisch oder nicht magisch, ich kannte einen Laden vor Ort, in dem genau solche Quittungen ausgestellt wurden. Zumindest sollte ich es überprüfen. Wenn ich mich beeilte, konnte ich es noch vor der Mittagspause dorthin schaffen. Aber zuerst gab es noch eine letzte Sache, die ich tun musste.

Oma Vi schwebte sichtlich verstört zurück auf den Rücksitz. »Wir müssen gehen, und zwar jetzt! Ich fühle mich schwach bei der Anziehungskraft dieses Ortes. Es ist schlimm, Cen.«

»Ich weiß, ich fühle es auch. I-ich brauche nur genügend Zeit, um sicher zu sein, dass ich die Worte richtig aufsage.« Ich stand am Pool genau neben der Stelle, an der Steves Körper Stunden zuvor geschwommen war. Es war jetzt oder nie, aber ich wollte den Zauber nicht überstürzen und vermasseln, besonders mit einem Zauberspruch, der einen jahrzehntelangen Fluch rückgängig machen könnte.

»Jede Sekunde, in der wir verweilen, verringert unsere Hexenkräfte. Es ist sehr gefährlich für uns, hier zu sein. Sag nun endlich diesen verflixten Zauberspruch auf.« Sie ließ ein Papier aus ihrer durchscheinenden Tasche fallen.

Ich schnappte mir das Papier, als es nach unten wehte. Ich faltete es auf und fand darauf eine getippte Version desselben Zauberspruchs, den Tante Pearl zuvor im Gasthaus ohne Erfolg rezitiert hatte. Mein Plan, den Zauberspruch direkt auf dem Rocklin-Grundstück zu rezitieren, war ein Schuss ins Blaue. Ich war dankbar für die getippte Version, anstatt sie aus dem Gedächtnis rezitieren zu müssen.

Ich atmete tief ein und hoffte auf ein Wunder:

ICH SPRENGE deinen Fluch vom Himmel mit Getöse,
Ich lösche ihn vor deinen Augen aus, du Böse,
Du wirst uns nicht mehr schaden, aus der Traum,
Hau ab mit all deinem Können, verlass diesen Raum,
Ich werde diesen Ort beschützen und bewachen,
Wage es nicht noch einmal, hier Unfug zu machen,
Deine Hexenkräfte, die gibt es nicht mehr,
Sie sind verriegelt auf Nimmerwiederkehr,
Für immer verwandelt von einer Hexe in eine Sterbliche,
Auf immer und ewig aus dem Portal verbannt, du Schreckliche,
Du wirst für deine schweren Missetaten büßen,
Alle deine Träume werden sterben, zertreten mit Füßen,
Nie wieder werden sich deine Flüche zum Himmel erheben,
Für immer wirst du im Zweifel leben,
Eine Ewigkeit und ein Tag ziehen ins Land,
Für diese Zeit wirst du verbannt.

OMA VI SCHNAPPTE NACH LUFT. »Cen, du hast es falsch aufgesagt! Es heißt vierzig Jahre und ein Tag, nicht eine Ewigkeit und ein T - «

Ich zeigte auf das Papier und schüttelte den Kopf. »Nein, hier steht Ewigkeit, also für immer.«

»Warum hat Pearl dann vierzig Jahre gesagt? Sie würde doch nicht so einen törichten Fehler machen.«

Ich las den Zettel noch einmal. »Hier steht definitiv Ewigkeit. Für immer ist das, was wir wollen, oder?«

Oma Vi blinzelte auf den Zettel. »Oje, du hast recht! Ich erinnere mich jetzt ... es gibt verschiedene Varianten des Zauberspruchs. Der Zeitrahmen änderte sich, als vor vielen Jahren eine WICCA-Regel überarbeitet wurde. Ein Wort verändert alles.

Ihre Stimme wurde von einem rumpelnden Himmel übertönt.

Alles wurde dunkel, der Donner wurde stärker, und eine Minute später ging ein Regenschauer nieder.

Regen?

Seltsam, da die Temperatur unter dem Gefrierpunkt lag. Es war viel zu kalt für alles andere als Schnee.

Trotzdem regnete es. Warme, weiche Regentropfen durchnässten mich wie ein tropischer Regenguss, nicht der kalte, knochengefrierende Regen, der normalerweise im Bundesstaat Washington fiel.

Oma Vi's transparente Gestalt schwebte unbeeindruckt vom plötzlichen Regenguss auf mich zu. Sie klatschte in die Hände. »Ich fühle mich schon stärker. Du hast es geschafft, Cen! Du hast den Fluch gebrochen!«

Soweit ich sehen konnte, hatte sich nichts geändert, aber ich fühlte eine Leichtigkeit, fast einen Schwindel, als ich mein Gesicht himmelwärts drehte. Ich lachte, als warme Regentropfen auf mein Gesicht fielen. Ich fühlte Frieden in meiner Seele. Etwas in der Luft beruhigte mich und gab mir zugleich Kraft und Energie.

Ein unsichtbares Gewicht, das ich vorher nicht gespürt hatte, wurde plötzlich von meinem Rücken genommen. Alles fühlte sich leichter an, als hätte sich die Schwerkraft verschoben. Sogar mein Hosenbund war lockerer. »Ein kleines Wort und alles ändert sich? Wie ist das möglich?«

»WICCA hat ›für immer‹ Zaubersprüche vor Jahren verboten, als sie Zeitlimits für Zaubersprüche einführten.«

»Wenn das so ist, warum hat dann mein Zauber funktioniert und nicht der von Tante Pearl? Ich sagte eine Ewigkeit und ein Tag. Tante Pearl sagte vierzig Jahre und ein Tag. Ihr Zauber hätte wirken müssen, nicht meiner.«

»Sollte man meinen«, sagte Oma Vi. »Aber es wurde ein Fehler gemacht. Der ursprüngliche Rocklin-Fluch war für immer gedacht, aber als die WICCA-Regel die Höchststrafen auf vierzig Jahre umwandelte, wurde der ursprüngliche Fluch mit vierzig Jahren neu formuliert. Der Gegenzauber war auch vierzig Jahre.«

»Wenn das so ist, dann hätte der Fluch vor Jahren verschwinden müssen, nachdem die vierzig Jahre vorbei waren«, sagte ich.

»Es gab einen Einspruch gegen die vierzigjährige Frist und nach ein paar Jahren änderte WICCA ihre Meinung. Sie wandten die vierzigjährige Frist nur auf neue Zaubersprüche an, nicht auf bereits bestehende. Der ursprüngliche ›ewige‹ Fluch auf bereits existierende Zaubersprüche wurde wieder eingeführt. Es gibt nur noch sehr wenige Zaubersprüche, die ›für immer‹ gelten. Ich denke, Pearl hat ihr Zauberbuch auf die ursprüngliche Änderung von vierzig Jahren aktualisiert, aber vergessen, die Änderung wieder rückgängig zu machen.«

»Wie konnte unsere ganze Familie das vergessen?«

»Ganz einfach, Cen. Der Fluch war nicht aktiviert, sodass wir keine negativen Auswirkungen spürten. Wir dachten, dass WICCA den gesamten Papierkram im Zusammenhang mit ihrer Regeländerung erledigt hat. Wir dachten, dass der Fluch durch unseren ursprünglichen Gegenzauber vollständig aufgehoben wurde. Außer in diesem Fall stimmten der ursprüngliche Fluch und der Gegenzauber immer noch nicht überein.«

Langsam kapierte ich es. »Sie konnten sich nicht gegenseitig aufheben, weil sie nicht zusammenpassten. Der ursprüngliche Rocklin ›für immer‹-Fluch wurde wieder eingeführt, aber wegen des bürokratischen Fehlers von WICCA musste der ›für immer‹-Gegenzauber ein zweites Mal ausgesprochen werden?«

Oma Vi nickte. »Genau. Wir hätten es wirklich noch einmal überprüfen sollen, aber wir haben WICCA vertraut. Man darf nicht mit solchen machtvollen Flüchen herumspielen. Ein Gegenzauber zu viel auf solch einen Fluch kann schwerwiegende Folgen haben.«

»Ich bin frei von einem Fluch, von dem ich nie wusste, dass er existiert. Mein Leben müsste sich jetzt eigentlich dramatisch verbessern, oder?« Das könnte alles verändern. Ich könnte womöglich alles essen und kein Gramm zunehmen. Meine Zeitung würde mit weniger Aufwand Gewinn erzielen. Genau wie die Pension und sogar Pearls Zauberschule. Westwick Corners könnte gedeihen, anstatt als Fast-Geisterstadt zu existieren.

Oma Vi hatte wieder einmal meine Gedanken gelesen. »Ich bezweifle, dass sich dein Leben so sehr verändern wird. Es kann schwierig sein, einen Fluch von einfachem Pech zu unterscheiden. Das einzig sichere Zeichen ist, wenn du von extrem häufigem Pech heimgesucht wirst. Dann ist es wahrscheinlich ein Fluch.«

»So wie das Loch in der Decke und das brennende Radio?«

»Die Decke, ja. Aber das brennende Radio war tatsächlich ich«, strahlte Oma Vi. »Ich hab immer noch das Zeug dazu.«

»Tante Pearl hätte jeden einzelnen Zauberspruch in ihrem Zauberbuch aktualisieren sollen. Zumindest hätte sie daran denken müssen.«

Oma Vi schüttelte den Kopf. »Du weißt, dass deine Tante ein Problem mit dem Detail hat und wir werden alle älter und vergesslicher. Ich denke, dass sie in der Hitze des Gefechts, als sich unsere Decke geöffnet hat, in Panik geraten ist.«

»Aber Tante Pearl ist furchtlos«, sagte ich.

»Sie hat vor vielen Dingen Angst, Cen. Sie versteckt es nur gut. Ich hätte selbst besser auf ihre Worte hören sollen, aber ich war immer noch aufgeregt und abgelenkt, nachdem ich deinen Computer durcheinandergebracht hatte. Es tut mir so leid, dass ich den Wortlaut erst jetzt bemerkt habe. Ich hätte eine Tragödie verhindern können.« Ihre Aura pulsierte zwischen Dunkelheit und Licht.

Wenn Geister weinen könnten, würde Oma Vi brüllen. Ich berührte ihre transparente Schulter. »Niemand hat Schuld, Oma.«

Ihre Aura verdunkelte sich. »Es ist meine Schuld. Der Untergang dieser Stadt und alles andere resultierte aus einem Fluch, den wir vor Jahrzehnten hätten aufheben können. Stell dir vor, wie anders sich die Dinge hätten entwickeln können.«

Außer, wenn alles anders gelaufen wäre, dann hätten wir ein anderes Leben geführt. Wir hätten unser Zuhause nie in eine Pension verwandelt. Tyler wäre nie in die Stadt gekommen, um den Sheriff-Job anzunehmen, den niemand sonst wollte, und ich wäre jetzt mit jemand anderem verheiratet.

»Ich mag alles so wie es ist, und ich würde nichts ändern, Oma. Was Steve betrifft, so besteht eine gute Chance, dass sein Tod nichts mit dem Fluch zu tun hat.«

Oma Vi wischte sich eine imaginäre Träne aus dem Auge. »Meinst du wirklich?«

Ich untersuchte die Quittung. »Unser Glück hat sich in vielerlei Hinsicht verändert.«

<h1 style="text-align:center">KAPITEL 22</h1>

Ich fuhr an die Gas N'Go-Tankstelle und parkte an der Seite des Gebäudes. Oma Vi wartete auf dem Rücksitz. Ich ging an der leeren Zapfsäule vorbei und die einzige Stufe zum Laden hinauf. Als ich die Tür öffnete und hineinging, erinnerte ich mich an Wilt, den ehemaligen Gas N'Go-Tankstellenkassierer, der jetzt in einem Gefängnis in Las Vegas schmachtete. Cherise, seine Nachfolgerin, war das genaue Gegenteil von Wilt. Sie war hilfsbereit und freundlich und jeder in der Stadt liebte sie. Tatsächlich war sie fast zu sehr kundenorientiert und fröhlich. Sie würde sogar einem bewaffneten Räuber helfen, seinen Tank mit einem Lächeln zu füllen.

»Hallo Cen, ich hab dich schon eine ganze Weile nicht mehr gesehen.« Cherise stand hinter dem Tresen. »Was darf's sein? Das Übliche?«

Mein Magen knurrte, als ich das Tablett mit Schokoladencroissants in der Glasvitrine betrachtete. »Nein, Danke. Ich bin wegen etwas anderes hier.«

Cherise zog einen herzförmigen Teller voller Pralinen hinter der Theke hervor. »Mal probieren? Wir haben diese gerade heute Morgen reinbekommen.«

Ich war versucht, aber ich wollte nicht meine neu schlanke Taille ruinieren. Das Gas N'Go verkaufte jedes Jahr das gleiche Schokoladensortiment. Ich wusste genau, dass es sich hauptsächlich um Überbleibsel vom letztjährigen Valentinstag handelte. Oder vielleicht sogar vom Valentinstag davor. Wir alle taten, was wir tun mussten, um in einer Stadt ohne Arbeit über die Runden zu kommen, und es war nicht immer schön.

Ich schüttelte den Kopf mit vorgetäuschter Lässigkeit anstelle der Verzweiflung, die ich innerlich fühlte. »Nein. Ich bin aus einem anderen Grund hier.«

»Sicher? Die Pralinen gehen weg wie warme Semmeln. Vielleicht willst du Tyler zum Valentinstag eine Schachtel schenken?« Cherises rechtes Auge schloss sich in einem übertriebenen Augenzwinkern. Ich hätte gelächelt, wenn sie nicht so offensichtlich verzweifelt gewesen wäre.

Ich wollte, dass meine Valentinsüberraschung für Tyler einzigartig ist, nicht die abgestandenen Tankstellenpralinen, die Cherise vorantrieb. Die Zeit lief jedoch ab, und ich hatte noch nichts Passendes gefunden. Der Nachteil einer Kleinstadt war, dass jeder das Geschäft des anderen kannte. Fast jeder, weil ich immer noch nicht herausfinden konnte, wer die ganzseitige Valentinstagsanzeige bezahlt hatte.

»Äh … danke Cherise. Vielleicht später.«

»Es bleibt kaum noch Zeit«, sagte Cherise jetzt mit einem Hauch von Niedergeschlagenheit. »Es ist fast Valentinstag.«

Ich hatte im Moment wichtigere Dinge zu erledigen. »Ich bin hier, um dich etwas zu fragen. Ihr habt doch Überwachungskameras, oder?«

Cherise nickte und ihr Lächeln verschwand. Sie deutete auf drei Monitore über der Kasse. »Eine über der Tür, eine über der Zapfsäule und eine über der Kasse. Wieso? Ist was nicht in Ordnung?«

Ich konnte kein Wort über die Prominenten in unserer Mitte verlieren, geschweige denn, dass einer davon tot war. Die Nachricht würde sich wie ein Lauffeuer in der Stadt verbreiten. »Nein, eigentlich nicht. Es ist nur so, dass Tante Pearl wieder etwas Verrücktes getan hat. Ich brauche solide Beweise, bevor ich ihr irgendetwas vorwerfe. Ich möchte auch die Dinge im Laden in Ordnung bringen.«

Cherise machte große Augen. »Pearl hat etwas im Gas N'Go angerichtet? Sie wird doch nicht wieder mit ihren alten pyromanischen Tricks anfangen, oder? Ich hoffe, dass wir nicht wieder den Laden schließen müssen.«

»Nein, nein … nichts dergleichen. Es besteht nur eine geringe Chance, dass … von —« Ich hielt meine Hand hoch. »Ich kann sie nicht ohne Beweise anklagen. Es ist wahrscheinlich nichts, aber ich muss es aus Sicherheitsgründen überprüfen.«

Tante Pearl hatte schon einmal versucht, die Tankstelle in die Luft zu jagen, also stellte Cherise meine seltsame Bitte nicht infrage. Cherise war ein ziemlich geschäftiges Wesen, hatte aber Angst, in eine von Tante Pearls kriminellen Aktivitäten verwickelt zu werden.

»Ja, selbstverständlich, Cen. Danke, dass du uns alle in Sicherheit wiegst.« Cherise stellte den Teller mit Pralinen ab und kam hinter der Theke hervor. »Was brauchst du?«

»Kann ich die Kameraaufnahmen von den letzten ein oder zwei Tagen überprüfen?«

Cherise zuckte mit den Schultern. »Ich darf sie eigentlich niemandem zeigen, aber angesichts der Umstände sehe ich nicht, welchen Schaden es anrichten würde. Sag es einfach niemandem.«

Ich faltete die Hände. »Werde ich nicht, versprochen.«

Cherise ging an mir vorbei zur Eingangstür. »Gib mir eine Minute und ich richte es dir ein. Ich denke, was auch immer Pearl getan hat, kann nicht so schlimm sein. Ich meine, das Gebäude steht immer noch, und wir haben geöffnet, nicht wahr?«

»Ich mag deine positive Haltung.« Ich richtete meinen Blick auf die Overhead-Monitore über der Kasse. Cherise erschien auf dem Bildschirm. Sie drehte das Türschild mit der Aufschrift *Willkommen - Wir haben geöffnet* um, auf dem stand *Geschlossen – Wir sind gleich zurück*. Sie bewegte den Plastikzeiger um 15 Minuten nach vorne und drehte das Schild wieder um, sodass das Ziffernblatt nach außen zeigte.

Die Überwachungskamera des Gas N'Go war ein älteres Modell mit unscharfer Auflösung, aber die Qualität war gut genug, um Cherise oder alle anderen, die in der Nähe oder durch die Eingangstür gingen, zu identifizieren.

Ich fühlte mich schuldig, Tante Pearl belastet zu haben, aber wenn meine Vermutung richtig war, hätte ich viel Zeit, um die Dinge später richtigzustellen.

»Cherise, wann hast du heute angefangen zu arbeiten?«

»Um sieben, wie immer. Das ist meine erste Schicht seit vier Tagen. Folge mir.«

Ich folgte ihr und wir gingen einen schmalen Flur hinunter zur Rückseite des Ladens.

Cherise öffnete die Tür zu einem kleinen Raum. Verstaubte Umzugskartons waren an einer Wand unter einem großen Kalender gestapelt, der zwei Jahre alt war.

Ein uralt aussehender Eichenschreibtisch war mit Stapeln alter Zeitschriften und Zeitungen bedeckt. Dahinter befand sich ein mit grünem Leder bezogener Bürostuhl. Die Armlehnen waren abgenutzt und verschlissen. Was übrig blieb, wurde mit Klebeband zusammengehalten.

»Zeig mir einfach, wo ich mir die Aufnahmen der Überwachungskamera ansehen kann, und ich lasse dich wieder an die Arbeit gehen. Ich verspreche dir, dass ich mich beeile.« Ich streichelte den USB-Stick in meiner Jackentasche und hoffte, dass dies nicht nur eine fruchtlose Übung war. Ich hoffte auch etwas zu finden, denn die Alternative, – dass Steve an den Folgen eines durch Fahrlässigkeit mangelhaft gewarteten Fluches gestorben war, – wäre eine katastrophale Tragödie.

Cherise setzte sich und langte nach dem Griff der untersten Schreibtischschublade. Sie zog einen Laptop heraus und legte ihn auf den Schreibtisch. Sie ließ ihn hochfahren und tippte etwas ein. Der Bildschirm erhellte sich und füllte sich mit Überwachungsaufnahmen der Gas N'Go-Eingangstür. Sie zeigte auf die Pfeile nach oben und unten am unteren Bildschirmrand. »Klick oben aufs Menü, um von einer Kamera zur anderen zu wechseln. Ruf mich, wenn du Hilfe bei der Navigation brauchst.«

»Danke Cherise.« Ich sah sie nicht an. Ich scrollte bereits durch das Filmmaterial.

Cherises Schritte verhallten auf dem Flur, als sie zurück zum Eingang des Ladens ging.

Ich zog die feuchte Quittung aus meiner Tasche und drückte sie vorsichtig auf dem Schreibtisch glatt. Die Quittung hatte einen Zeit- und Datumsstempel, aber alles, was ich aus der verblassten Tinte entziffern konnte, war das gestrige Datum. Ich beschloss, meine Suche mit gestern um sieben Uhr morgens zu beginnen und scrollte zurück, bis ich eine Bewegung auf dem Bildschirm sah. Cherises Gesicht schaute mich an, als sie die Tür aufschloss und das Schild zur blauen Seite drehte, auf der stand: *Willkommen - Wir haben geöffnet.*

Ich scrollte langsam durch jedes Bild und stoppte jedes Mal, wenn eine Gestalt die Tür abdunkelte. Es gab keinen Ton. Es war, als würde man einen sehr langweiligen Stummfilm sehen. Ein paar Dutzend Kunden kamen und gingen: Einheimische Männer und Frauen und ein paar Kinder. Tyler war einer davon. Ich stoppte das Bild für einen Moment, um meinen großen, muskulösen Freund zu bewundern, der in seiner Sheriff-Uniform so umwerfend gut aussah.

Cherise kam hinter der Theke hervor und bot Tyler das gleiche Tablett mit Schokoladenproben an, das sie mir angeboten hatte. Er lehnte mit einem entschuldigenden Lächeln ab, bevor er sich außer-halb der Kamerareichweite in den hinteren Teil des Ladens begab. Kurz darauf kehrte er mit einem Kaffee und Muffin in der Hand zur Kassiererin zurück. Er bezahlte seine Einkäufe und verließ den Laden ein paar Minuten später.

Sie versuchte wirklich, diese Pralinen auf Teufel komm raus loszuwerden!

Cherise hatte gestern gearbeitet, obwohl sie das Gegenteil behaup-tete. Warum hatte sie gelogen und gesagt, dass heute ihre erste Schicht nach vier freien Tagen ist? Sie hätte es unmöglich vergessen können. Was auch immer ihr Grund für ihre Lüge war, es konnte nicht ernst sein. Schließlich hatte sie mir erlaubt, die Überwachungsaufnahmen zu überprüfen, da ich wusste, dass ich sie vor der Kamera sehen würde.

Es gab einen kleinen Aufwärtstrend in der Aktivität gegen Mittag, der bald verebbte. Minuten kamen und gingen, dass niemand den Laden betrat oder verließ, und es passierte überhaupt nichts. Ich begann zu bezweifeln, ob ich überhaupt auf dem richtigen Weg war.

Eine Stunde verging ohne Kunden. Dann, kurz nach 3 Uhr, stürmten zwei Teenager in den Laden, lachend und scherzend. Die Puhl-Brüder kauften jeweils Erfrischungsgetränke und Kartoffelchips und gingen wenige Minuten später.

Der Laden wurde wieder ruhig, der Beginn einer weiteren Flaute ohne Kunden oder Lieferungen. Cherise saß am Tresen und las Zeitschriften. Eine 12-Stunden-Schicht war nicht so schlimm, wie es sich anhörte, angesichts all der Ausfallzeiten zwischen den Kunden. Wie das Gas N'Go es geschafft hat, im Geschäft zu bleiben, war ein Rätsel, aber die Kameras lieferten unbestreitbare Beweise dafür, dass diese Pralinen heute Morgen nicht ›gerade angekommen‹ waren, wie Cherise behauptet hatte.

Ich hatte es fast aufgegeben, als eine schattenhafte Gestalt die Tür verdunkelte und sie aufzog. Es war fast neunzehn Uhr laut dem Zeitstempel auf dem Video, nur wenige Minuten vor Ladenschluss.

Ein Schauer lief mir über den Rücken, als ich auf den Bildschirm blinzelte. Der Mann sah eher aus wie ein Möchtegern-Räuber als ein Kunde mit dunkler Kleidung, schwarzem Kapuzenpullover, den er hochgezogen hatte, um sein Gesicht teilweise zu verdecken. Er blickte nach unten, als ob er versuchte, zu vermeiden, entdeckt beziehungsweise erkannt zu werden, eben wie ein geübter Einbrecher.

Er schaute sich nervös im Laden um, dann senkte er wieder seinen Blick. Er ging in den hinteren Teil des Ladens, außerhalb der Kamerareichweite. Er bewegte sich schnell, als ob er es eilig hätte. Alles, was ich aus dem Filmmaterial erkennen konnte, war, dass dieser Mann nicht interagieren oder in Erinnerung bleiben wollte. Er schien nichts Gutes im Schilde zu führen, obwohl ich aus diesem speziellen Kamerawinkel nicht viel sehen konnte.

Ich wechselte zu der Kamera, die der vorderen Theke zugewandt war und spulte zur gestrigen Öffnungszeit zurück. Ich scrollte mit doppelter Geschwindigkeit durch das Filmmaterial und beobachtete die gleichen Kunden wie zuvor, nur diesmal konzentrierte ich mich auf jede einzelne Person, die Cherise für ihre Einkäufe bezahlte.

Cherise machte Smalltalk mit jedem Kunden und versäumte es nie, ihnen die Valentinstagsschokolade aufs Auge zu drücken. Ich war immer noch beunruhigt über ihre Behauptung, dass sie gestern nicht gearbeitet hatte. Welchen möglichen Grund könnte sie zum Lügen haben?

Ich verlangsamte den Film auf normale Geschwindigkeit und sah Cherise mit einem Paar scherzen, das Lottoscheine kaufte. Sie versuchte, sie auf die gleiche Weise zum Kauf einer Schachtel mit Valentinsschokolade zu überzeugen und beschimpfte dann die Puhl-Jungs, weil sie sich zu oft am Slurpee-Automaten bedienten.

Um achtzehn Uhr achtundfünfzig kam der mysteriöse Mann mit seinen Einkäufen an den Schalter. Das größte Element war weiß, groß und rechteckig, aber wegen der schlechten Auflösung des Videos konnte man keine Details erkennen. Die Verpackung war größer als die meisten Lebensmittel, die wahrscheinlich in einem Supermarkt verkauft wurden. Nach der Art und Weise zu urteilen, wie der Mann es auf den Tresen hob, war es auch schwer.

Cherise hatte erst gar nicht versucht, den Gegenstand zu bewegen. Stattdessen drehte sie ihn um und zielte mit ihrem Barcode-Scanner darauf. Sie scannte die restlichen zwei Elemente mit ihrem Handscanner. Ich konnte die beiden kleineren Artikel nicht erkennen, aber dies war der einzige Kunde, der den ganzen Tag drei Artikel gekauft hatte.

Cherise hielt einen Finger an ihren Mund und lächelte, als sie etwas zu dem Mann im Stummfilm sagte. Ich konnte nicht ausmachen, ob er antwortete, da er mit dem Rücken zur Kamera stand. Er holte seine Brieftasche heraus und extrahierte einen Haufen Scheine. Er zählte drei davon mit einer behandschuhten Hand ab und reichte sie Cherise. Dann holte er eine große schwarze Tasche aus seiner Jackentasche und legte die Gegenstände hinein. Das erschien mir ungewöhnlich, da Männer selten wiederverwendbare Einkaufstaschen mit sich herumtrugen. Die meisten Menschen zogen auch ihre Handschuhe aus, wenn sie ein Geschäft betraten, besonders wenn sie für ihre Einkäufe bezahlten. Dieser Mann schien entschlossen zu sein, seine Spuren zu verwischen.

Cherise ließ Kleingeld in die behandschuhte Handfläche des Mannes fallen. Er ließ die Münzen in seine Hosentasche gleiten. Er drehte sich um und verließ den Laden mit seinem sperrigen Einkauf, wobei eine Hand die Tasche stützte.

Der mysteriöse Gegenstand war schwer und sperrig, nach der Art und Weise zu urteilen, wie der Mann ihn trug. Was auch immer es war, es war schwer genug, um jemanden zu töten. Könnte dies einer der Artikel auf der Quittung gewesen sein? Diese Quittung musste dem Mann gehören. Keiner der anderen Kunden hatte drei Artikel gekauft. Ich wünschte, ich wüsste, was diese drei Punkte waren. Ich habe das Filmmaterial Bild für Bild vergrößert, aber die Bilder mit niedriger Auflösung verschwammen nur, je mehr ich sie vergrößerte.

Ich wollte Cherise nicht auf meinen wahren Grund für die Überprüfung des Überwachungsmaterials aufmerksam machen, also konnte ich sie nicht fragen, was die Gegenstände waren. Dann hatte ich eine Idee. Es wäre schwierig, die kleineren Artikel zu identifizieren, aber es gab nicht zu viele große Artikel im Laden. Ich erinnerte mich, dass der Mann zuerst in den hinteren Teil des Ladens gegangen war.

Ich ging zurück in den Laden, wo ich Cherises Aufmerksamkeit erregte.

»Ich prüfe nur was, aber ich bin noch nicht fertig«, sagte ich.

Sie nickte und las in ihrer Zeitschrift weiter.

Ich ging durch jeden der drei Gänge des Ladens und suchte nach einem Gegenstand, der schwer, quadratisch und groß war.

Ich kehrte ins Büro zurück und vergrößerte die Aufnahmen Bild für Bild, um es noch einmal zu prüfen. Mein Herz raste, als ich die Pausetaste drückte. Ich holte mein Handy aus der Tasche und rief Tyler an. »Ich komm zu dir ins Büro. Ich glaube, ich habe gerade die Tatwaffe gefunden.«

Danach holte mein Flash-Laufwerk heraus und kopierte die Videodateien. Als ich fertig war, steckte ich das Flash-Laufwerk vorsichtig in die Reißverschlusstasche meiner Handtasche. Ich notierte die Zeit auf dem Band, bevor ich es zum Anfang zurückspulte. Ich wollte nicht, dass Cherise oder irgendjemand anderes erfuhr, was ich gesehen hatte, bis ich es selbst verstehen konnte.

KAPITEL 23

Zehn Minuten später saßen wir zusammengepfercht in Tylers Polizeirevierbüro vor seinem Monitor. Ich nahm mein Flash-Laufwerk und steckte es in den Computer. Ich scrollte durch die Gas N'Go-Videoaufnahmen, bis dieser ›Man in Black‹ durch die Tür ging.

»Es ist nicht die beste Auflösung, aber erkennst du diesen Kerl?« Ich zeigte auf den Bildschirm.

Tyler blinzelte. »Ist das nicht Jason McCoy?«

»Ist er. Ich habe ihn zuerst nicht erkannt, aber ich denke, berühmte Leute gehen inkognito, um nicht bemerkt zu werden. Er hat Eis gekauft.« Die Details, die auf dem alten Gas N'Go-Monitor schwer zu sehen waren, erschienen auf dem größeren Bildschirm von Tylers Computer viel klarer.

Tyler errötete. »Eis?«

Mein Gesicht errötete ebenso, als ich mich an das erinnerte, was manchmal Eis genannt wurde. Eis war ein Umgangswort für Diamanten. Hatte Tyler bemerkt, dass der Ring schon fehlte?

»Eis ist schwer genug, um jemanden zu töten.«

»Er hat das Eis wahrscheinlich nur für Getränke gekauft. Er holte ein paar Sachen, kurz nachdem sie in die Pension eingecheckt hatten,

149

für Imbisse und so weiter. Der logischste Grund ist der Wahrscheinlichste.«

Ich räusperte mich. »Außer, dass es Blockeis ist. Zerstoßenes Eis nehmen Leute, um es in Getränke zu geben. Wer braucht schon einen Eisblock mitten im Winter?«

»Die Waren im Gas N'Go verkaufen sich nicht wie warme Semmeln«, sagte Tyler. »Vielleicht hatte der Laden kein zerstoßenes Eis mehr. Blockeis war wohl alles, was übrig blieb.«

Wir beobachteten, wie Jason seinen Kauf bezahlte und sich zur Tür drehte. Er verschwand aus der Kamera. Ich stoppte den Film und klickte auf die Türkamera. Jason tauchte wieder auf. Er ging zur Tür und hielt inne, um den schweren, kalten Eisblock zu balancieren, während er die Tür öffnete. Sein Porsche war an der nächstliegenden Zapfsäule geparkt.

Ich erinnerte mich wieder an Cherise und Jason an der Kasse. Jason war so angezogen, dass er nicht erkannt wurde und dennoch musste ihn Cherise erkannt haben. Sie hatte einen Finger an ihre Lippen gelegt, um Jason wissen zu lassen, dass sie sein Geheimnis bewahren würde. Da das Filmmaterial keinen Ton hatte, konnte ich es nicht sicher sagen, aber es erschien logisch, einen Prominenten nicht zu outen. Es könnte auch erklären, warum Cherise gestern gelogen hatte, nicht gearbeitet zu haben. Sie hatte Angst, Jason McCoys geheimer Besuch in unserer kleinen Stadt würde auffliegen.

Ich zog die Quittung aus der Handtasche und reichte sie Tyler. »Ich habe das hier unter der Poolhecke gefunden. Es ist wahrscheinlich Jasons Quittung, da er gestern der einzige Kunde war, der drei Artikel gekauft hat. Ich weiß nicht, was die anderen beiden Punkte sind. Womöglich hat es auch gar keine Bedeutung.«

Tyler runzelte die Stirn. »Ich werde es herausfinden. Wie konnte die Polizei von Shady Creek diese Quittung übersehen? Sie haben doch alles abgekämmt.«

Ich selbst hatte nicht das größte Vertrauen in die Polizei von Shady Creek, aber das Übersehen einer Quittung schien unwahrscheinlich. »Vielleicht hat sie der Wind später dorthin geblasen? Die Spurensicherung hatte bereits ihr Urteil gefällt, nämlich dass es sich um einen Unfall und nicht um Mord handelte. Es hätte die Gründlichkeit ihrer Suche beeinträchtigen können.«

»Es ist enttäuschend und ich werde mit ihnen darüber reden müssen«, sagte Tyler. »Serena hat die Tankstelle nie erwähnt. Sie behauptete, sie seien alle direkt zur Rocklin-Villa gegangen und hätten dort übernachtet.«

Ich tippte auf den Bildschirm. »Vielleicht hatte sie bei ihrer Ankunft Jason weggeschickt, um ein paar Kleinigkeiten zu besorgen und es vergessen.

Tyler seufzte. »Möglich.«

»Das mit dem Eis ist wirklich komisch, Tyler. Leute ersetzen zerstoßenes Eis, wenn Blockeis nicht verfügbar ist, um es in ihrer Kühlbox auf einem Sommercamping oder Angelausflug zu verwenden. Niemand bekommt Blockeis für seine Getränke, nur weil zerstoßenes Eis nicht verfügbar ist.«

Tyler dachte einen Moment darüber nach. »Okay, also hat Jason diesen Eisblock gekauft, und dennoch fanden wir kein Eis im Haus. Sie hätten das Eis bereits für etwas anderes verwenden können.«

Ich schluckte schwer bei der Erwähnung von fehlendem Eis. Ich musste diesen Ring finden. »Sie haben es nicht für Getränke benutzt.«

»Wir haben kein Eis im Gefrierschrank gesehen. Wir haben auch eine ziemlich gründliche Suche des Hauses und des Grundstücks durchgeführt. Beide Gefrierschränke waren leer, soweit ich mich erinnere.«

»Dennoch ist Steve durch den Schlag mit einem dumpfen Gegenstand gestorben und ein Eisblock ist ein dumpfer Gegenstand mit viel Kraft.« Ich drückte wieder auf Play und wir sahen beide, wie Jason den Laden verließ. »Siehst du, wie er es trägt? Es ist nicht das Gewicht des Eises, das ihm Unbehagen bereitet. Es liegt daran, dass es eiskalt ist. Das ist wahrscheinlich der Grund, warum er Handschuhe getragen hat, abgesehen davon, dass er nirgendwo Fingerabdrücke hinterlassen wollte. Er hält den Eisblock seitlich, weil Eis unangenehm und schwer zu tragen ist.«

Tylers Kinnlade klappte herunter. »Es ist die perfekte Tatwaffe. Es ist schwer genug, um zu töten, aber es hinterlässt keine Spuren. Es erklärt die Blutergüsse an Steves Schläfe, aber es war geschmolzen, bevor wir es finden konnten.«

»Wie lange dauert es, einen Eisblock zu schmelzen?«, fragte ich.

Es war eher eine Aussage, aber Tyler nahm es als eine Frage. »Draußen, in der eisigen Kälte kann es eine Weile dauern, selbst in einem beheizten Pool. Es hängt alles von den Einstellungen der Pooltemperatur ab.«

»Oder es könnte noch schneller unter einem Warmwasserhahn oder in der Mikrowelle geschmolzen werden«, sagte ich.

Tyler nickte. »Das ist in der Tat eine Möglichkeit. Es ist immer noch ein wirklich enges Zeitfenster, wenn man bedenkt, wie kurz der Zeitunterschied zwischen dem Zeitpunkt ist, an dem du und Ruby Steve das letzte Mal lebend gesehen habt, und dem Zeitpunkt, als Ruby die Leiche entdeckt hat.«

Ich nickte. »Ich denke, das Eis wurde im Pool gelassen, um zu schmelzen und zu verschwinden. Es erklärt die ungleichmäßige Temperatur, die ich fühlte, als ich meine Hand ins Wasser steckte. Es war wirklich kalt an ein paar Stellen. Und es gab Eisstücke, die auf der Oberfläche schwammen, aber es war ein beheizter Pool. Ich hatte eigentlich gedacht, dass das Wasser aufgrund der Kälte gefroren war, aber jetzt denke ich, dass es nur die Reste des Blockeises waren. Die größeren Teile hätten entfernt und hineingebracht und in einem Waschbeckenabfluss oder einer Toiletten entsorgt werden können.

»Du hast deine Hand ins Wasser gehalten? An einem Tatort. Cen!«

Ich hob die Handflächen hoch. »Entschuldigung. Tante Pearl hatte versehentlich deine Jacke ins Wasser fallen lassen. Eigentlich war nur ein Teil der Jacke hineingefallen, aber ich musste sie rausholen.«

Tylers Augen weiteten sich, als er in seine rechte Jackentasche griff. Seine Kinnlade fiel herunter, als er bemerkte, dass die Tasche leer war und er eine andere Jacke trug. »Die Jacke auf dem Rücksitz meines Autos? Wo genau ist diese Jacke jetzt?«

Mein Puls beschleunigte sich, als ich an den Verlobungsring dachte, der sich in seiner Tasche befunden hatte. »Äh ... Keine Sorge, sie ist in Sicherheit. Zuletzt hab ich sie an einem Kleiderhaken im Flur hängen sehen, damit sie trocknet.«

Unsere Blicke kreuzten sich.

Seine Augen suchten meine und fragten sich wahrscheinlich, ob ich von dem Ring wusste.

Es war hart, aber ich machte ein ausdrucksloses Gesicht. »Was ist los?«

Er runzelte die Stirn. »Vergiss es.«

Ich errötete und schaute weg. Ich schluckte schwer und wechselte das Thema zurück zu den McCoys. »Die McCoys sind gerade zum Abendessen unterwegs, aber was ist, wenn sie nach ihrer Rückkehr früh auschecken? Wir sollten jetzt zur Villa zurückgehen.«

»Du hast recht, lass uns gehen. Ruf Ruby an und sag ihr, sie soll uns dort mit den Schlüsseln treffen, damit wir hineinkommen.«

Als Tyler und ich zur Rocklin-Villa zurückkehrten, warteten Mama und Tante Pearl bereits vor der Haustür. Oma Vi war auch da, schwebte über ihnen und prahlte damit, dass ich den Fluch aufgehoben hatte.

»Ich glaube dir kein Wort. Beweis es.« Tante Pearl starrte Oma Vi an, die etwa ein Meter fünfzig über ihnen schwebte.

Es war ziemlich verwirrend für Tyler, der das Gespräch mit der geisterhaften Oma Vi weder sehen noch hören konnte. Er flüsterte: »Warum spricht Pearl mit sich selbst?«

»Ich erkläre es dir später.« Ich bat Mama, die Tür aufzuschließen, packte Tylers Arm und lenkte ihn zum Haus.

Tante Pearl stürmte auf uns zu. »Du hättest nicht das Risiko eingehen dürfen, hierher zu kommen, Cendrine. Du denkst, du hast den Fluch aufgehoben, aber stattdessen hast du die Dinge nur verschlimmert. Wir brauchen keine weiteren Unfälle und sollten jetzt gehen, solange wir es noch können.«

Mama ignorierte sie und drehte den Schlüssel im Türschloss. Sie bat Tyler, es zu öffnen.

»Schluss mit dem Gequatsche.« Tyler drehte den Griff und öffnete die Haustür. Er führte uns in einen dunklen Flur. Ich trat zuerst ein, gefolgt von Mama und Tante Pearl. Mama schaltete die Flurbeleuchtung ein. Tyler schloss die Tür und folgte mir durch den Flur.

»Wieso gehen wir in die Küche?«, fragte Mama. »Alles ist draußen passiert.«

Selbst Tyler schien plötzlich skeptisch zu sein. »Cen hat eine Theorie.«

»Wie soll es auch anders sein«, murmelte Tante Pearl. »Cen denkt, dass sie schlauer ist als wir alle zusammen.«

»Ich bin mir ziemlich sicher, dass ich etwas herausgefunden habe.« Ich ging zur Rückseite der großen Küche und zeigte auf die geschlossene Speisekammertür. Ich hoffte nur, dass es nicht zu spät war. »Öffne das bitte für mich.«

Tyler zog einen Beutel mit Latexhandschuhen aus seiner Tasche. Vorsichtig drehte er den Türknauf um. Die Tür öffnete sich zu einem langen Raum mit deckenhohen Schränken auf der einen Seite und offenen Regalen auf der anderen. Am anderen Ende des Raumes befand sich ein großer aufrechter Gefrierschrank. Er war aus Edelstahl, hatte zwei Seitentüren und eine tiefe Schublade an der Unterseite.

Tante Pearl beäugte die geräumige Speisekammer. »Wow, Ruby, du hast echt übertrieben mit diesen Geräten. Granit-Arbeitsplatten in der Speisekammer sind ein bisschen viel, findest du nicht?«

Mama seufzte. »Kann man zur Abwechslung nicht einfach mal nett sein?«

Tyler spitzte die Lippen. »Okay. Und jetzt?«

Ich zeigte auf den Kühlschrank. »Öffne ihn bitte.«

Er öffnete eine Kühlschranktür nach der anderen. Sie waren leer. Er bückte sich und öffnete die untere Gefrierschublade und zog einen fast vier Liter großen Behälter mit Eiscreme heraus. Es war eine preiswerte Marke, die von Gas N'Go verkauft wurde. Es war der einzige Artikel im Gefrierschrank, und ich wusste, dass der Preis für dieses Billigeis ungefähr dem von Artikel 2 auf der Gas N'Go-Quittung entsprach.

Ich fühlte eine Welle der Erleichterung, dass sich meine Vermutung über Punkt 2 auf der Quittung als richtig erwiesen hatte.

»Was hat ein Behälter Schokoladeneis mit irgendetwas zu tun?«, fragte Mama. »Du wirst doch nicht ernsthaft deren Schokoladeneis essen, oder? Sie sind noch nicht einmal gegangen.«

»Hab ein wenig Geduld mit mir, Mama.« Ich drehte mich zu Tyler um. »Bring das in die Küche und ich schnapp mir einen Löffel.«

Wir folgten Tyler aus der Speisekammer in die Küche.

Tante Pearl sagte: »Sie hat schon ihre Diät über den Haufen geworfen, also hat sie beschlossen, sich in einen Fressrausch zu stürzen.«

Mama runzelte die Stirn. »Im Ernst, Cen, du kannst zu Hause so viel Eiscreme essen, wie du willst.«

Tante Pearl musste immer das letzte Wort haben: »Ha! Du bist schwach! Ich wusste, dass du null Willenskraft hast.«

Ich ignorierte sie, als ich auf die Kücheninsel zuging.

Tante Pearl war hartnäckig. »Cen hat einen Todeswunsch, Ruby. Je länger wir hier verbringen, desto mehr sind wir in Gefahr. Wir müssen hier wirklich raus, bevor etwas Schreckliches passiert.«

Ich versuchte, ruhig zu bleiben, obwohl ich die Geduld verlor. »Ich habe dir schon gesagt, dass der Fluch abgehakt ist.«

»Über was redet –?« Tyler hörte mitten im Satz auf, da er dachte, es wäre besser, Tante Pearl nicht zu ködern. Er stellte den Eiskarton auf die Marmorarbeitsplatte der Kücheninsel und sah mich an.

»Gar nichts wird passieren, niemandem von uns. Handschuhe?« Ich hob die Handflächen hoch.

Tyler zog einen Beutel mit Latexhandschuhen aus seiner Tasche und reichte mir ein Paar. Ich zog sie an und durchsuchte die Schubladen und Schränke, bis ich einen Eisportionierer und eine große Schüssel fand.

Tante Pearl schüttelte den Kopf. »Du verhältst dich wie eine Verrückte, Cendrine. Durch den Fluch hast du den Verstand verloren.«

»Ich habe eine Quittung vom Gas 'N Go für ein paar Artikel gefunden, die letzte Nacht kurz vor Ladenschluss gekauft wurden. Jason McCoy kaufte einen Eisblock, einen etwa vier Liter großen Behälter mit Schokoladeneis und einen anderen Gegenstand, den ich

nicht identifizieren kann. Siehst du einen Eisblock in diesem Gefrierschrank?«

»Nein, aber es ist nicht der einzige Gefrierschrank im Haus«, sagte
Mama und zeigte auf den Küchenkühlschrank, eine kleinere Version
des Kühlschranks in der Speisekammer.

»In der unteren Kühlschrankschublade ist ein Gefrierfach.«

Tyler ging zum Kühlschrank und öffnete die Schublade. Bis auf
einen Eiswürfelbehälter war sie völlig leer. Er schloss sie. »Kein
Eisblock.«

»Wen kümmert es? Vielleicht haben sie ihn schon benutzt.« Tante
Pearl klopfte immer ungeduldiger mit dem Fuß. »Können wir jetzt
endlich gehen?«

»Ich kann mir vorstellen, dass man Eiswürfel für Getränke kauft«,
sagte Mama. »Aber ein Eisblock mitten im Winter macht nicht viel
Sinn. Es ist Februar und es gefriert draußen.«

»Genau.« Ich stellte den Eisbehälter auf die Kücheninsel und
entfernte vorsichtig den Deckel mit meiner behandschuhten Hand.
Ich drehte den Behälter seitlich, sodass wir alle den Inhalt sehen
konnten.

Das Schokoladeneis war glatt und unberührt; ohne Anzeichen
eines Portionierers oder einer Delle in der Eiscreme. Der Behälter
war immer noch voll, aber da gab es etwas Ungewöhnliches. Er hatte
einen Reifüberzug, als ob das Eis teilweise geschmolzen und wieder
gefroren wäre.

Ich fing an, Eis aus dem Behälter zu schöpfen und ließ die
Portionen in die Schüssel fallen. »Wir müssen den Tatsachen auf den
Grund gehen.«

Tante Pearl stampfte mit dem Fuß. »Lass deinem gefräßigen
Appetit woanders seinen Lauf, Cendrine! Du wirst in diesem
verfluchten Haus nichts essen!«

Ich ignorierte sie und fuhr fort, Eis aus dem Karton zu schöpfen
und in die Schüssel zu geben. Ich hatte mich jetzt zur Hälfte durch
den Behälter gearbeitet und die Fingerspitzen meiner Handschuhe
waren mit einer schokoladigen Eisglasur überzogen. Ich schöpfte
immer schneller, bis die Eisschaufel an etwas am Boden stieß.

Unter all dem Eis war Plastik mit blau-weißer Schrift. Ich kratzte daran und die Schrift wurde nach und nach lesbar. Der Plastikbeutel, in dem sich einst der Eisblock befand, war fein säuberlich am Boden des Eiscremebehälters gefaltet. Der Nervenkitzel der Enthüllung war genau wie die Entdeckung eines Spielzeugs in einem Überraschungsei oder in einer Popcorntüte.

Ich hielt den fast leeren Behälter hoch. »Beweise für die Tatwaffe, oder zumindest für den Beutel, in dem sie getragen wurde.«

Mamas Mund bildete ein ›O‹, als die Erkenntnis dämmerte. »Steve wurde mit einem Eisblock vereist?«

Er richtete sich wieder auf und drehte sich zu Tante Pearl um. »Erinnerst du dich, dass der Pool heiße und kalte Stellen hatte, als du deine Hand hineingesteckt hast?«

Tyler Augen weiteten sich schockiert. »Pearls Hand war auch im Pool?«

»Klatsch und Tratsch«, schnauzte Tante Pearl. »Cen hat genau dasselbe getan, als sie versucht hat, den Ri –«

Ich stürzte nach vorn und hielt Tante Pearls Mund mit meiner Hand zu. »Wir haben beide versucht, deine Jacke herauszuholen und jetzt ist alles in Ordnung.«

Tyler beäugte uns misstrauisch. »Was geht da vor zwischen euch beiden?«

»Das tut jetzt nichts zur Sache«, sagte ich. »Der Mörder hat Steven mit einem Eisblock erschlagen. Der Mörder hat die Tatwaffe geschmolzen und somit keine Spur im Pool hinterlassen, außer ein paar kleine Eisstücken, die auf der Oberfläche schwammen und die wir alle für Oberflächenfrost hielten.«

Tyler holte sein Handy aus der Tasche und ging zum Fenster. Er leitete unsere Ergebnisse an die Gerichtsmedizinerin weiter und fragte sie, ob Steves Kopfverletzung zum Profil eines Eisblocks passte. Ein paar Minuten später kam er wieder zurück. »Sie sagte, die Idee mit der Tatwaffe würde passen.«

Tyler entfernte sich ein paar Meter weiter, um seinen Anruf mit der Gerichtsmedizinerin unter vier Augen fortzusetzen.

Mama lächelte. »Du bist brillant, Cen. Die Tatwaffe ist

geschmolzen und hat keine Fingerabdrücke oder Spuren hinterlassen. Eine Sache, die ich nicht verstehe – würde es nicht ewig dauern, bis ein Eisblock schmilzt? Es ist eiskalt im Freien. Wie könnte im Winter etwas schmelzen?«

»Der Pool ist beheizt«, gab ich zu bedenken. »Tatsächlich wurde die Temperatur maximal hochgedreht. Steven hatte die Temperatur vorher so eingestellt, dass es warm genug war, um darin zu schwimmen. Alles, was der Mörder tun musste, war, die Pooltemperatur weiter auf das Maximum zu erhöhen. Aber Du hast recht. Es würde eine Weile dauern, einen sehr großen Eisblock zu schmelzen, wahrscheinlich fünfzehn oder zwanzig Minuten mindestens. Was wir im Pool gefunden haben, waren wahrscheinlich nur Eisfragmente. Erinnerst du dich daran, dass du noch den Küchenhahn laufen gesehen hast Mama? Ich glaube, der Eisblock wurde dort unter heißem Wasser geschmolzen. Die Beweise gingen buchstäblich den Abfluss runter.«

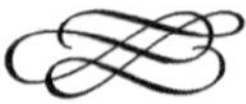

KAPITEL 25

Tyler beendete seinen Anruf und schlenderte zurück in die Küche.

»Der Mörder musste so groß sein wie Steve, um ihn auf den Kopf zu schlagen«, sagte Mama zu ihm. »Stärker als ich, weil ich sicher keinen Eisblock über meinen Kopf heben kann. Hast du mich schon ausgeschlossen, Sheriff?«

»Ich kann das weder bestätigen noch dementieren, Ruby«, sagte Tyler. »Aber du hast recht. Jemand mit sehr viel Kraft hat Steve getötet. Wahrscheinlich ein Mann.«

»Jason hat sich mit Steve gestritten, kurz bevor er starb«, sagte Mama. »Jason wurde auch aus der Show gefeuert.«

»Es könnte auch Lucky sein«, erklärte ich, nachdem ich gehört hatte, wie Lucky und Jason bei der Witching Post diskutierten. »Er sprach über einen Job bei Jason. Ich vermute, Jason wollte ihn für etwas anderes als Barkeeper einstellen.«

Tante Pearl schüttelte den Kopf. »Warum verdächtigst du ihn? Lucky hat gearbeitet und dass weißt du, Cen.«

»Ich erforsche gerade alle Möglichkeiten, angesichts von Steves Tod kurz danach, war ihr Gespräch verdächtig«, sagte ich. »Der Mörder kannte Steves Gewohnheiten und dass er im Pool schwimmen würde. Es könnte jemand sein, der Steve nahe steht, oder es könnte jemand in der Nähe sein, der jemanden angeheuert hat.«

»Jeder kennt Steve und seine Gewohnheiten aus der Reality-Show«, betonte Tante Pearl.

Mama runzelte die Stirn. »Das stimmt, aber seine Schwimmtrainings waren neu. Er erzählte Cen und mir, dass er im Januar als Neujahrsvorsatz mit dem Schwimmtraining begonnen hatte. Sie planten, es in einer zukünftigen Episode zu enthüllen, aber er hat nie über das Schwimmen in der Show gesprochen. Ich weiß es, weil ich jede Episode gesehen habe.«

Mamas Real McCoys-Besessenheit war schlimmer als ich dachte. Ihre Aussage bestätigte jedoch nur, dass der Mörder Informationen hatte, die nur wenigen bekannt waren.

»Ruby hat nicht ganz unrecht. Nur Leute aus dem engsten Kreise wissen, dass er schwimmt«, sagte Tyler.

Ich sagte: »Der Mörder folgte Steve zum Pool und schlug ihm mit dem Eisblock auf den Kopf, als er den Poolrand erreichte. Als Steve sich wehrte, schlug der Angreifer so lange auf ihn ein, bis Steve tot war. Der Mörder schob seine Leiche in den Pool.«

Mama schnappte nach Luft. »Der perfekte Mord mit einer Tatwaffe, die schmilzt.«

Tante Pearl blickte finster drein. »Das ist so weit hergeholt, dass es unglaublich ist. Warum gab es keine Fußabdrücke? Weil es ein Fluch ist, deshalb.«

»Aber dafür gibt eine einfache Erklärung«, sagte ich. »Der Mörder hat heißes Wasser auf die Terrasse gegossen, um seine Spuren zu verwischen, als er zurück ins Haus ging.«

Tante Pearl schüttelte den Kopf. »Deine Theorien werden von Minute zu Minute verrückter, Cendrine. Du und Rubys gierige Pläne, schnell reich zu werden, werden uns alle ruinieren.«

Mama verdrehte die Augen, schwieg aber.

Es war nicht einfach, Tante Pearl zu ignorieren, aber ich setzte fort.

»Der Mörder musste noch den Beutel entsorgen, in dem er das Eis transportiert hat. Wer würde in einen Eisbehälter voller Eiscreme schauen? Niemand, wie sich herausstellte. Nicht einmal die Spurensicherung von Shady Creek. Der Mörder hat das Eis in einen anderen Behälter gegeben, so wie ich es gerade getan habe. Er hat es in die Mikrowelle gesteckt, um es zu verflüssigen. Er legte den leeren Blockeisbeutel auf den Boden des Eiscremebehälters und goss dann die geschmolzene Eiscreme zurück in den Behälter, um den Beutel abzudecken. Er stellte die Eiscreme wieder in den Gefrierschrank zurück.«

»Kann man feststellen, wer von hier kam und ging?«, fragte Mama.

Es gibt Kameras, aber leider war die Kamera am Eingangstor ausgeschaltet«, sagte Tyler. »Was auch darauf hindeutet, dass es sich um einen Insider-Job handelt. Irgendjemand hat das Ganze geplant. Wer auch immer Steve getötet hat, hatte die Weitsicht, diese Kamera auszuschalten, aber nicht die anderen.«

»Was ist mit den anderen Kameras?«, fragte Mama.

Tyler schüttelte den Kopf. »Sie haben auch keine Aktivitäten aufgezeichnet. Leider decken sie nicht alle Teile des Grundstücks ab, und nicht alle Kameras waren funktionstüchtig. Es ist durchaus möglich, dass jemand kam und ging, aber der Entdeckung entging. Tatsächlich muss das der Fall sein, da wir keine Eindringlinge auf dem Bildmaterial gefunden haben.«

»Keine Kameras im Poolbereich?« fragte ich. »Sicherlich gab es eine am Pooltor.«

Tyler schüttelte den Kopf. »Tut mir leid, nein.«

Tante Pearl stampfte frustriert mit dem Fuß auf. Sie wackelte mit dem Finger vor Mamas Gesicht herum.» Deine Kameras funktionieren nicht einmal. Deine schlampige Magie hat uns für immer ruiniert, Ruby.«

Mama errötete vor Zorn. »Meine ›schlampige Magie‹ bezahlt die Hypothek, Pearl.«

Tante Pearl schimpfte weiter. »Du ruinierst unseren Ruf und vertreibst Hexenschüler von Pearls Zauberschule. Wir werden uns nie wieder erholen.«

Tyler trat zwischen Mama und Tante Pearl und hielt seine Arme abwehrend aus. »Hört auf zu streiten und konzentriert euch. Die

Kamera am Eingangstor wäre hilfreich gewesen, aber es gibt andere Möglichkeiten, um festzustellen, wer hier war und wer nicht.«

»Na dann, Sheriff. Mach mal hinne und erzähls uns.« Tante Pearl verschränkte die Arme, starrte an die Decke und klopfte mit dem Fuß auf dem Boden. »Ich warte.«

Tyler atmete tief ein. »Es ist wahr, dass nur wenige Personen stark und groß genug sind, um Steve zu töten. Es ist auch wahr, dass eine kleine Anzahl von Personen das Motiv und die Möglichkeit hatte, Steve zu töten. Konzentrieren wir uns im Moment nur auf das Motiv. Wer profitiert von Steves Tod?«

»Jason war sauer, dass man ihn aus der Show geworfen hat und hat zudem noch eine teure Drogenabhängigkeit«, sagte Mama. »Er muss es gewesen sein.«

»Warum nur Steve töten und nicht auch Serena?«, fragte ich.

»Er würde sie wahrscheinlich als nächstes töten«, sagte Mama.

»Möglich«, sagte Tyler. »Allerdings denke ich, dass er es so schnell wie möglich hinter sich bringen wollte. Er hätte gewartet, bis sie alleine dort gewesen wären und beide gleichzeitig getötet. Du hättest auch getötet werden können, weil du den Mörder mit ziemlicher Sicherheit unterbrochen hast. Ich denke, dass er es ist, mit dem du gesprochen hast. Kannst du dich an die Stimme klar erinnern? Könnte Steves Imitator zum Beispiel Jason gewesen sein?«

»I-ich bin mir nicht sicher. Ich habe auf das gehört, was er gesagt hat und nicht so sehr auf die Stimme geachtet«, sagte Mama.

»Ich glaube nicht, dass es Jason war«, sagte Tyler. »Es wäre viel wahrscheinlicher, dass er sie bestiehlt, als dass er die Gans die goldene Eier legt töten würde. Egal wie verrückt er ist, er hat sonst niemanden. Er ist finanziell von ihnen abhängig, und aus diesem Grund sorgen die Real McCoys weiterhin für ein Einkommen. Dieses Einkommen verflüchtigt sich mit Steves Tod. Jeder in der Crew hat den gleichen Abschreckungseffekt.«

»Als ich Jason und Lucky reden hörte, klang es so, als wollte Jason ihn anheuern, um etwas Zwielichtiges zu tun«, sagte ich. »Außerdem war Lucky direkt nach Steves Tod hier auf dem Grundstück. Er sollte an der Bar in der Witching Post bedienen, aber ich weiß nicht genau, wann er gegangen ist.«

»Lucky könnte es für Jason getan haben«, sagte Tyler. »Das Endergebnis ist das gleiche: Jasons Bargeldquelle versiegt.«

»Es könnte auch eine Dreiecksbeziehung sein«, sagte ich. »Vielleicht wollte Serena Steve aus dem Weg räumen.«

»Aber ohne Steve gäbe es die Show nicht mehr«, sagte Mama.

»Nicht, wenn sie einen anderen Co-Star gäbe«, sagte ich. »Es ist eine Reality-Show, die sich von Konflikten ernährt. Es ist wie All-Star-Wrestling. Es ist alles eine Show zu Unterhaltungszwecken. Alles, was du brauchst ist jemand, der bereit ist, das Theater mitzuspielen. Jemand, der unverschämte Dinge tut, Serenas Charakter ausspielt, jemand, der sich Serena unterwirft, jemand, der attraktiv ist, der so interessant ist wie Steve. Jemand wie –«

»Danny Nastasio!« Mama und Tante Pearl sagten es im Einklang.

»Habt ihr gesehen, wie dieser Mann sie anhimmelte?«, rief Mama aus. »Ich wünschte, ein Mann würde mich so ansehen.«

Tante Pearl nickte. »Ich wette, er macht viel mehr, als nur ihr Auto zu fahren. Ihre Geschichte über das Einkaufen bei Bunny's Key to Fashion ist einfach lächerlich. Wer könnte ernsthaft eine Dreiviertelstunde in Bunnys Laden verbringen? Das war nur, um ein Alibi zu fabrizieren.«

Meine Kinnlade klappte herunter, so schockiert war ich von Tante Pearls abruptem Meinungswechsel.

Tyler biss sich auf die Lippe. »Es ergibt sehr viel Sinn. Eine Scheidung bedroht die Fortsetzung der Show, da es sich um ein verheiratetes Paar dreht. Außerdem müsste Serena alles Finanzielle mit Steve aufteilen. Wenn Serena verwitwet ist, dann erbt sie Steves Hälfte und bekommt wahrscheinlich auch eine schöne Auszahlung von der Versicherung.«

Ich nickte. »Bunnys Alibi ist wegen ihres nachlassenden Gedächtnisses nicht so zuverlässig, aber was ist mit Abby, Danny und Serena, die sich gegenseitig Alibis schenken? Sie bestätigen sich gegenseitig, aber was ist, wenn sie einen Mord verschleiern?« Ich hatte eine Idee, aber ich brauchte Tylers Hilfe, um sie zu beweisen.

KAPITEL 26

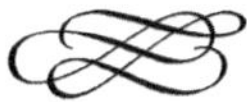

Tyler rief die Shady Creek Police an, um Serena und ihre Leute zu überwachen, während sie in einem gehobenen Restaurant in Shady Creek speisten. Die Polizei hatte Anweisungen, ihre Abreise um mindestens eine Stunde zu verzögern. In der Zwischenzeit saßen Tyler und ich in seinem Büro und überprüften Aufnahmen von Überwachungskameras vor Bunny's Key to Fashion und dem nahe gelegenen Café.

Aus Bunnys Kamera ging hervor, dass Serenas Mercedes seinen Parkplatz vor dem Bekleidungsgeschäft nie verlassen hatte, was den beiden Frauen ein scheinbar luftdichtes Alibi gab. Ob jemand aus dem Mercedes aus- oder einstieg war jedoch nicht klar, da nur das Heck des SUV mit der Kamera festgehalten wurde.

Tyler hatte Sicherheitsaufnahmen von benachbarten Unternehmen erhalten. Er brachte das Filmmaterial auf den Bildschirm, eine Kamera nach der anderen. Er durchsuchte mehrere Kameras, fand aber nichts von Bedeutung. Serena und Abby wurden gesehen, wie sie den Laden betraten. Der Mercedes hatte sich nie von seinem Parkplatz entfernt. Es gab drei Unternehmen mit Sicherheitskameras, die Bewegungen in und um Bunnys Laden erfassten. Keiner von ihnen zeigte etwas anderes als Serena und Abby, die den Laden betraten und nach fast zwei Stunden später wieder herauskamen.

Es war schwer, länger als etwa zehn Minuten bei Bunny's Key to Fashion zu bleiben, um dort etwas einzukaufen. Zwei Stunden waren eine Ewigkeit, um in dem winzigen Laden zu stöbern. Auch wenn man das Plaudern mit Bunny berücksichtigt, hätten sie in zwanzig Minuten spätestens draußen sein müssen.

Es gab vier weitere Geschäfte mit Überwachungskameras, aber sie standen dem Laden nicht gegenüber. Tyler beschleunigte die Wiedergabe, während wir jede einzelne Aufnahme prüften. Es war mühsame Arbeit, auch bei beschleunigter Wiedergabe.

Dreißig Minuten später klickte Tyler auf das Filmmaterial der Überwachungskamera vor Molly's Café und Bistro. Das Café lag direkt an der Main Street und um die Ecke von Bunny's Laden. Es befand sich in der Nähe des Geschäfts, bot aber keinen Blick auf das Geschäft selbst.

Auf der Straße parkten mehrere Fahrzeuge, darunter ein weißer Kleintransporter, der direkt vor dem Café stand. Der Kleintransporter fiel mir ins Auge, weil es sich um ein aktuelles Modell handelte. Die meisten Menschen in unserer nicht so wohlhabenden Stadt fuhren Autos, die mindestens zehn Jahre alt waren, sodass dieser weiße Kastenwagen wirklich auffiel.

Ich tippte auf den Bildschirm. »Kannst du denn hier mal heranzoomen? Dieser Wagen sieht genauso aus wie einer der Real McCoys-Kleintransporter, die vor unserer Pension stehen.«

Tyler zoomte das Nummernschild des Wagens, das aus einem anderen Staat stammte. Er notierte sich das Kennzeichen, bevor er zu einem anderen Schreibtisch ging. Augenblicke später kehrte er zurück. »Du hast recht, Cen. Diese Nummernschilder sind bei der McCoy's Filmproduktionsfirma registriert.«

Tyler startete das Filmmaterial neu. Eine Minute später fuhr der Kleintransporter aus der Parklücke vor dem Café. Er bog um die Ecke auf die Main Street und verschwand aus dem Blickfeld.

Die Parklücke blieb leer und die Kamera lief weiter.

»Können wir zu dem Zeitpunkt zurückspulen, als der Kleintransporter geparkt wurde?« Ich hoffte, einen Blick auf den Fahrer zu erhaschen.

Tyler schüttelte den Kopf. »Diese spezielle Kamera startete genau an der Stelle, an der dieser Wagen bereits geparkt war. Die Aufnahmen laufen in einer Schleife, in der alle 24 Stunden neues Material auf altes aufgezeichnet wird. Wir müssen noch ein paar Kameras überprüfen. Vielleicht kommt etwas dabei heraus.«

»Das bedeutet, dass der Fahrer bereits um zehn Uhr dreißig auf dem Fahrersitz saß, als die Kamera zu filmen begann.« Ich war enttäuscht, dass ich niemanden sehen konnte, der in den Wagen stieg. Die Menschen gingen auf dem Bürgersteig hin und her, aber der Parkplatz blieb für eine Ewigkeit leer.

Plötzlich kehrte der weiße Kleintransporter zurück und parkte an der gleichen Stelle vor dem Café.

»Er ist wieder da!«, sagte Tyler. »Er war fast zwei Stunden weg. Natürlich könnte es dafür eine logische Erklärung geben.«

»Kommt darauf an, wer fährt«, sagte ich.

Alle waren so auf den Mercedes fixiert, um ihre Alibis zu bestätigen, dass die Bewegungen anderer Fahrzeuge nicht genau unter die Lupe genommen wurden. Bis jetzt.

»Kannst du ihn auf dem Bildschirm vergrößern, Tyler?«

Er vergrößerte die Stelle. »Es ist zu undeutlich, besonders von der Beifahrerseite aus. Da ist jemand auf dem Fahrersitz – offensichtlich – da diese Person gerade den Wagen geparkt hat. Jeder aus der Crew könnte einen triftigen Grund haben, dort zu sein.«

»Er wird wahrscheinlich gleich aus dem Wagen aussteigen«, sagte ich. »Aber diese Ansicht ist von der Beifahrerseite. Gibt es eine andere Kameraperspektive von der anderen Straßenseite?

»Bin schon dran.« Tyler klickte auf eine andere Datei und wir sahen das Café von dem Kamerawinkel aus, der die Fahrerseite des Wagens erfasste. Bald stieg ein großer Mann aus. Er trug eine Baseballkappe tief über den Augen und eine klobige dunkle Jacke. Sowohl der Schatten der Gebäude als auch der Rand seiner Mütze verdunkelten sein Gesicht und er war nur schwer zu identifizieren. Er ging zügig zur Ecke, bevor er aus dem Blickfeld verschwand.

Er war auf dem Weg in Richtung Bunnys Laden. »Schau, wie er seine Arme hoch hält, während er geht. Es ist ein sehr markanter Schritt. Ich denke, es ist Danny Nastasio.«

Tyler vergrößerte das Bild. »Die Statur ähnelt ihm. Danny behauptete, die ganze Zeit vor Bunny's geparkt zu haben, also wenn du recht hast, ist sein Alibi wertlos. Er hätte zur Rocklin-Villa fahren und unbemerkt auf das Grundstück gehen können. Er tötet Steve, rennt wieder zum Wagen, fährt zurück, um ihn wieder an derselben Stelle zu parken und geht zum Mercedes zurück. Ich werde mich mit weiteren Geschäften in Verbindung setzen, um zu sehen, ob es Aufnahmen von Sicherheitskameras gibt, die wir vergessen haben. Ich werde auch die Spusi von Shady Creek nochmal hierherschicken, um Fingerabdrücke und DNA aus dem Eisbehälter und der Blockeisverpackung zu nehmen. Ich erwarte nicht, dass Dannys Fingerabdrücke oder DNA darauf sind, da wir wissen, dass Jason es gekauft hat. Es sei denn, Danny hat das Eis serviert oder die Lebensmittel weggeräumt. Ich werde die Spusi bitten, die DNA aus dem Shady Creek Restaurant zu entnehmen, in dem Serena & Co gerade essen. Es wird ein wenig dauern, bis der DNA-Test bestätigt wurde, aber hoffentlich geben uns die Fingerabdrücke genügend Hinweise, um einen Schritt weiter zu gehen.

Tylers Telefon brummte. Er warf einen Blick darauf und dann wieder auf mich. »Ich muss diesen Anruf annehmen – es ist die Gerichtsmedizinerin.«

Ich nickte und konzentrierte mich wieder auf den Bildschirm. Es musste etwas Definitiveres vor der Kamera geben. Ein guter Anwalt könnte wahrscheinlich die Fingerabdrücke und die DNA wegerklären, und dann gäbe es keinen Fall. Selbst wenn die Gerichtsmedizinerin ihre Meinung über die Todesursache ändern würde, wäre es ein harter Kampf, Anklage wegen bloßer Indizien zu erheben.

Serena würde noch mehr Druck machen. Die Real McCoys Reality-Show hatte Dutzende Millionen Zuschauer. Ob es einem gefällt oder nicht, eine so große Fan-Gemeinde könnte möglicherweise Einfluss darauf haben, ob Anklage erhoben wird und wie diese Anklage aussieht. Man würde Steves Tod in der Show zerpflücken, in einer Show, die von Millionen gesehen wurde. Serena würde die Story kontrollieren, und die Beweise für das Gegenteil müssten ziemlich überzeugend sein.

Ich zoomte wieder auf den Wagen, in der Hoffnung, etwas zu sehen, dass wir zuvor verpasst hatten. Der strahlende Sonnenschein machte es unmöglich, ins Innere des Wagens zu sehen. Aber der Fahrer des Wagens hatte etwas mit den McCoys zu tun, denn er war auf sie zugelassen. Der Fahrer war ein Fremder, an den sich die Einheimischen vielleicht erinnern, gesehen zu haben.

Tyler rannte zurück in den Raum und war atemlos. »Schnapp dir deinen Mantel, du kommst mit.«

Was er als Nächstes sagte, änderte alles.

KAPITEL 27

»*A*uf der Grundlage der Beweise für den Eisblock hat die Gerichtsmedizinerin nun offiziell die Todesursache von unbestimmt auf Mord durch Schlag mit einem dumpfen Gegenstand geändert. Sie hat bestätigt, dass Größe und Form zu dem dumpfen Schlag auf Steves Kopf passen.«

Die Schneeflocken verwandelten sich in heftiges Schneegestöber, als wir in Richtung Shady Creek fuhren. Die Polizei von Shady Creek wartete auf Tylers Ankunft. Danach würde man Serena, Jason, Danny und Abby aufs Revier mitnehmen, um Aussagen zu den gerade entdeckten Beweisen zu machen. Die Reifen des Jeeps schlitterten auf der schneebedeckten Straße hin und her, während wir um eine Kurve fuhren.

Ich krallte mich an den Türgriff, um mich zu stabilisieren, als wir ins Schleudern gerieten. »Nimm den Fuß vom Gaspedal, Tyler. Die werden bestimmt nicht abhauen.«

Er runzelte die Stirn und drehte den Kopf zu mir um. »Sei dir da nicht so sicher. Jemand hat ihnen einen Tipp gegeben, dass wir im Haus waren. Der verdeckte Ermittler, der am Nebentisch saß, hat gehört, wie sie darüber diskutierten, ob sie heute Abend in die Villa zurückfahren sollen. Sie sind ein Fluchtrisiko. Serena spricht davon, einen Flug zu chartern. Tatsächlich ruft Abby gerade einige lokale Charter-Fluggesellschaften an.«

Das Restaurant befand sich etwa achthundert Meter von der Autobahn und die gleiche Entfernung zum Regionalflughafen. Wir waren etwa dreißig Kilometer entfernt auf einer Landstraße und könnten sie nicht rechtzeitig abfangen.

»Kann die Polizei von Shady Creek sie denn nicht festnehmen?«

»Sie können eine Gruppe von Menschen nicht ohne guten Grund festhalten. Nicht ohne sie zu verhaften.«

»Glaubst du wirklich, dass bei diesem Wetter jemand fliegen wird?«

Der Flughafen von Shady Creek wird normalerweise bei stürmischem Wetter geschlossen.

»Ich hoffe nicht, Cen, aber für Geld tut man alles und sie wird jemanden finden, der sie ausfliegt. Serena hat auch mit ihrem Anwalt über eine Klage wegen Unfalltod gesprochen. Sie will auch Ruby und die Stadt verklagen. Westwick Corners hat nicht die Mittel, um eine Klage abzuwehren. Wir müssten einen Vergleich schließen, und das würde die Stadt in den Ruin treiben.«

»Sie benutzt die Klage als Ablenkungsmanöver«, sagte ich. »Es ist Angstmacherei, damit du nichts anderes als einen Unfalltod in Betracht ziehst.«

»Da hat sie sich in den Finger geschnitten«, sagte Tyler. »Ihr seltsames Verhalten als trauernde Witwe ist definitiv belastend. Warum sollte sie eigentlich auf die Idee kommen, jemanden zu schützen, der möglicherweise ihren Mann getötet hat?«

Ich nickte. »Ich glaube nicht, dass Jason Steve getötet hat. Ich glaube keine Minute, dass seine Stiefmutter Serena ihn finanziell unterstützen würde, sobald Steve das Zeitliche gesegnet hat, und ich glaube, Jason weiß das. Serena würde ihn auch nicht beschützen.«

»Glaubst du, jemand hat Jason beauftragt, das Eis zu kaufen?«

Ich nickte. »Auf jeden Fall. Die einzigen, die Jason herumkommandieren können, sind entweder Serena oder Steve. Einer von ihnen hat ihn wahrscheinlich gebeten, ein paar Sachen im Laden zu kaufen.«

»Aber seine Zeit wurde nicht belegt und du hast gesehen, dass sein Auto vom Parkplatz der Witching Post verschwunden war.«

»Ja«, stimmte ich zu. »Aber ich hatte ihn nur wenige Minuten zuvor in der Bar gesehen. Das würde ihm nicht genug Zeit lassen, um Steve zu töten, das Eis zu schmelzen und den Beutel im Gefrierschrank zu verstecken. Er scheint der offensichtliche Verdächtige zu sein, aber ich vermute, dass man ihm was anhängen will.«

»Meinst du Serena –?«

Ich nickte. »Danny Nastasio ist viel mehr als nur ein treuer Mitarbeiter. Ich denke, er ist mit Serena romantisch verbunden. Hast du bemerkt, wie er sie ansieht? Ich meine, sie ist wunderschön, aber es ist mehr als das.«

»Du denkst, er ist in sie verliebt?«, fragte Tyler.

»Ist das nicht offensichtlich? So wie er immer um sie herumschwänzelt, aber im Gegensatz zu Abby bleibt er nur im Hintergrund, um nicht auf sich aufmerksam zu machen. Er ist der Außenseiter in einer Dreiecksbeziehung, und er hat die Nase voll davon. Er hat ein starkes Mordmotiv.«

Tyler nickte. »Ein eifersüchtiger Liebhaber. Aber er hat weniger dabei zu gewinnen als Serena. Wenn Steve weg ist, muss sie sich nicht scheiden lassen. Sie wollte wahrscheinlich ohne den finanziellen Schlag aus der Beziehung aussteigen. Kein Streit um die Unterhaltszahlung. Sie hätten keine gemeinsamen Kinder gehabt.

»Keine Kinder, aber ihre Reality-Show ist eine Art Baby, da sie sie zusammen aus dem Nichts begonnen und es zu einem Multi-Millionen-Dollar-Imperium aufgebaut haben. Sie könnten sich über die Gestaltung der Serie, das Urheberrecht oder das Marketing uneinig gewesen sein. Es wäre nicht das erste Mal. Ich weiß, dass Steve dagegen war, dass Jason aus der Serie geschrieben wurde, aber es ist trotzdem passiert. Schließlich hat er es akzeptiert, aber Serena hat das Sagen.

Außerdem hat Abby durchblicken lassen, dass Steve nächstes Jahr aus der Show geschrieben wird. Ich kann mir nicht vorstellen, dass er freiwillig ginge. Diese Serie war für beide ein ziemlicher Glücksgriff. Warum sonst würde er sagen, dass sein Schwimmtraining Teil der nächsten Staffel sein wird? Es steht außer Frage, dass Serena beliebter ist als Steve, aber sie brauchte ihn immer noch als Sidekick, um ihr psychologisches Verhalten auszugleichen. Die Leute schalten jede Woche ein, weil sie süchtig danach sind, ihre dysfunktionale Beziehung zu sehen.«

»Das würde es zu einem vorsätzlichen Mord machen«, sagte Tyler. »Wenn Serena Steve bereits aus der Serie geschrieben hat, weil sie wusste, dass er in der nächsten Staffel bereits tot sein würde, ist das ziemlich belastend. Ich frage mich, ob seine Schwimmtrainings ihre Idee waren oder seine. Vielleicht können wir ein Skript finden, das es beweist. Je mehr Beweise wir haben, desto stärker ist die Anklage.«

Als wir auf den Parkplatz des Restaurants fuhren, war ich erleichtert, dass der weiße Mercedes immer noch draußen stand. Ich bemerkte auch ein Zivilfahrzeug, das gegenüber parkte und in dem zwei Polizisten in Zivil saßen.

KAPITEL 28

Plötzlich verstummte das Gesprächswirrwarr im Restaurant. Die Menschen drehten sich zu den erhobenen Stimmen um. Einige erkannten den Star in ihrer Mitte. Bei zwei weiteren Personen handelte es sich um zusätzliche Undercover-Polizisten. Ein Mann und eine Frau, beide Anfang dreißig und fit aussehend, saßen auf der anderen Seite des Ganges in einer etwas verdeckten Nische. Sie waren bereit, sofort in Aktion zu treten.

»Ihr seid doch alle verrückt!«, fluchte Serena. »Die Produzenten haben Steve aus der Serie geschrieben, weil er in letzter Zeit ziemlich unberechenbar war. Es ist von Episode zu Episode schwieriger geworden, zu filmen, ohne dass Steve ausgerastet ist. Sag's ihnen, Abby.«

Abby biss sich auf die Lippe und fühlte sich mit Serenas Bitte etwas unbehaglich. »Ich weiß, dass das Drehbuch letzte Woche geändert wurde. Steve sollte durch einen neuen Co-Star ersetzt werden.«

Ich runzelte die Stirn. »Ein neuer Co-Star? Es ist eine Reality-Show über die Ehe. Warum hast du uns dann gebeten, die Erneuerung des Eheversprechens zu organisieren?«

Abby zuckte mit den Schultern. »Es ist streng vertraulich. Ich kann euch nicht mehr als das sagen.«

Serena verdrehte die Augen. »Die Real McCoys ist nur eine Serie über die Liebe und all ihren Höhen und Tiefen, und wir wollten auf dem Höhepunkt unserer Karriere in den Ruhestand treten. Das war ein Teil des Rückzugs, und es ging darum, die letzten Kapitel unserer Beziehung auf dem Fernsehschirm zu schreiben. Das hat nichts mit unserer echten Beziehung zu tun. Nur weil es eine Reality-Show ist, heißt das nicht, dass sie unserem Leben genau folgt. Wir sind zu langweilig im wirklichen Leben. Du hast uns gesehen, Cen. Würdest du dir das zur Unterhaltung ansehen?«

Ich dachte an unser erstes Treffen mit Serena, Steve und Mama. Sie schienen das perfekte Paar gewesen zu sein, aber Schauspieler konnten dir alles weismachen. »Nein, natürlich nicht.«

»Ich bin froh, dass wir das geklärt haben. Du bist den ganzen Weg im Schneesturm umsonst hierhergekommen.« Serena drehte sich zu Abby um. »Buch uns hier Hotelzimmer für die Nacht.«

Der Undercover-Beamte, der in der Nähe gesessen hatte, erhob sich von seinem Platz und ging zur Tür. Dann erschien eine Kellnerin um die zwanzig mit dem Scheck und einer Bitte um ein Autogramm.

Danny stand auf; ging rüber und wartete, während Serena in ihrer Handtasche stöberte. Er verschränkte die Arme und beobachtete mit ausdruckslosem Gesicht.

Ich war mir mehr als je zuvor sicher, dass er der Fahrer des Kleintransporters war. Seine Gewicht und sein muskulöser Körperbau waren einzigartig. Er war um ein paar Zentimeter größer als Tyler, und es waren seine muskulösen Arme, die ihm den markanten Schritt mit hochgehaltenen Armen verliehen.

Serena ließ ihre Kreditkarte auf den Tisch fallen und kritzelte ihre Unterschrift für die Kellnerin auf eine Papierserviette.

»Wo ist Steve?«, fragte die Kellnerin. »Ich möchte auch sein Autogramm.«

Nach ein paar Sekunden des Schweigens antwortete Serena. »Tja, ich fürchte, da haben Sie Pech, er ist unpässlich. Was auch immer Sie hier gehört haben, Sie müssen versprechen, dass Sie kein Wort weitersagen werden.«

Sie ließ dreihundert Dollar auf den Tisch fallen und stand auf. »Stimmt so. Abby, hast du schon ein Hotelzimmer gefunden?«

»Das wird nicht nötig sein«, sagte Tyler. »Sie kommen alle mit mir mit.«

* * *

Zehn Minuten später saßen Serena, Abby und Danny in getrennten Vernehmungsräumen auf dem Shady Creek Polizeirevier. Serena war die Erste, die durchdrehte. Sie behauptete, dass es Danny war, der Steve in stockbetrunkenem und wütendem Zustand getötet und auch sie bedroht habe. Als Tyler ihr das nicht abnahm, versuchte sie, mit Tyler zu verhandeln und bot ihm an, ihre Klage wegen fahrlässiger Tötung fallen zu lassen, wenn Tyler die Ermittlungen einstellen würde. Tat er aber nicht.

Ich saß in einem anderen Raum und beobachtete Dannys Verhör vor der Kamera. Tyler und ein Kommissar aus Shady Creek zogen ihre Stühle näher an Danny heran. Tyler redete. Nach einer intensiven Befragung war Danny klein mit Hut. Der bullige Fahrer schrumpfte auf seinem Plastikstuhl zusammen und verschränkte die Arme. Er starrte auf den Boden. Man hatte ihn geschnappt und es gab kein Entkommen.

Tyler schob seinen Stuhl sogar noch näher heran. »Wir haben Ihre Aktivitäten auf der Kamera, Danny. Wir haben Beweise, dass Sie Steve getötet haben, also ist es in Ihrem besten Interesse, zusammenzuarbeiten.«

»Ich war noch nicht einmal in der Nähe des Hauses. Ich habs Ihnen doch gesagt, ich hab vor dem Kleiderladen gewartet.« Er suchte im Raum nach einer Fluchtmöglichkeit, aber es gab keine.

»Serena hat uns alles erzählt«, sagte der Kommissar aus Shady Creek. »Sie haben die ganzen Sache geplant und werden den Rest Ihres Lebens im Gefängnis verbringen.«

Danny schüttelte den Kopf. »Ich habe die ganze Zeit im Auto gewartet, während sie eingekauft haben. Ich kann es beweisen.«

Der Kommissar aus Shady Creek stand auf und ging zur Tür. Er

176

packte den Türgriff. »Wir haben Beweise für das Gegenteil. Wollen Sie uns Ihre Version geben?«

»Da gibt es keine Version. Es ist die reine Wahrheit«, sagte Danny. »Ich habe Ihnen gesagt, dass ich nicht da war.«

Unter Dannys hartem Äußeren steckte ein leichtgläubiger, verliebter Mann. »Es muss eine Verwechslung sein. Lassen Sie mich mit ihr reden.«

»Nein, selbst wenn wir es akzeptieren, ist es eine schlechte Idee, Danny.« Der Kommissar aus Shady Creek lehnte sich an die Wand. »Ich empfehle es nicht, zumal sie Sie des Mordes bezichtigt.«

Danny fluchte vor sich hin. Er ließ den Kopf für eine volle Minute hängen. Dann hob er ihn an und blickte Tyler in die Augen. »Ich war es nicht – er hat sie missbraucht, und als sie um die Scheidung bat, hat er damit gedroht, sie umzubringen.«

Der Kommissar aus Shady Creek kicherte. »Das klingt wie eine echte McCoy-Episode. Sie ist eine gute Schauspielerin, das gebe ich zu. Sie haben sich in die Geschichte verliebt, nicht wahr?«

Danny krächzte. Es stimmt – ich habe die blauen Flecken gesehen. Serena fürchtete um ihr Leben. Sie bat mich, ihr zu helfen.«

»Sie hat Sie gebeten, ihn zu töten?«, fragte Tyler.

»Sie, äh ... hat nicht wirklich genau diese Worte gebraucht, aber ich wusste, was sie meinte«, sagte Danny. »Ich musste ihr helfen. Wenn ich es nicht getan hätte, wären wir nie zusammengekommen.«

»Sie waren in sie verliebt.« Tyler schob ihm die Schachtel mit den Papiertüchern zu. »Sie lange hatten Sie schon eine Affäre?«

Danny seufzte. »Über ein Jahr. Sie wollte ihn verlassen, aber dann hat er von uns beiden erfahren. Er hat sie verprügelt, mich bedroht. Er wollte uns beide töten.«

»Hat er Sie konfrontiert?«, fragte Tyler.

Danny schüttelte den Kopf. »Nicht direkt. Aber Serena hat mir erzählt, dass er von uns erfahren hat. Sie sagte immer wieder, sie würde gehen, aber die Show ...«

»Sie haben sie beim Wort genommen? Sie hat sie hereingelegt, Danny«, sagte der Kommissar aus Shady Creek. »Sie hat Sie manipuliert, damit Sie die schmutzige Arbeit für sie erledigen, um einen unschuldigen Mann zu töten.«

»Nein, nein! So ist es nicht. Sie war in Gefahr ... wir lieben uns.« Danny nahm ein Tuch aus der Schachtel und tupfte sich die Augen. »Sie wollte nicht, dass er stirbt; sie wollte ihn einfach nur verlassen, aber er ließ sie nicht gehen. Ich wollte allein mit ihm reden, ihn mit allem konfrontieren. Ich ging allein, weil Serena nicht wollte, dass ich mich einmische. Deswegen habe ich mich dorthin geschlichen, während Serena und Abby einkaufen waren. Ich wollte ihn nur erschrecken, das ist alles.«

Der Kommissar aus Shady Creek sagte: »Wie süß von Ihnen. Sie decken sie, obwohl sie Sie den Krokodilen zum Fraß vorwirft. Sie gibt Ihnen die Schuld an allem, Danny. Sie werden den Rest Ihres Lebens im Gefängnis verbringen und sie wird sich einen neuen Kerl finden.«

»Nein.« Aber zum ersten Mal sah Danny unsicher aus. Nach seiner Körpersprache zu urteilen, war er wirklich in Serena verliebt und war davon fest überzeugt, dass sie das Gleiche für ihn empfand.

»Sie haben ihn getötet, Danny«, sagte Tyler einfühlsam. »Mit dem Eisblock, den sie vorher gekauft haben. Sie haben alles geplant. Vorsätzlicher Mord bedeutet Mord ersten Grades.«

»Dieses Eis habe ich nie irgendwo gekauft.« Es war bereits da. Serena hat mir gesagt, ich solle mich durch die offene Haustür schleichen und einen Eisblock aus dem Gefrierschrank holen. Ich wollte Steve nur erschrecken, ihn ein wenig verprügeln.« Danny hielt inne. »Ich habe ihn kaum berührt, da fiel er plötzlich hin und war bewusstlos. Ich geriet in Panik und stieß ihn in den Pool.«

Serena hatte Steves Ermordung geplant. Danny war mindestens genauso schuldig, aber er versuchte, sich vor einer Mordanklage ersten Grades zu retten. Was Jason angeht, der das Eis gekauft hatte, war er wahrscheinlich ein unwissender Komplize. Serena brachte Jason dazu, diese Artikel im Laden zu kaufen, wohl wissend, dass sie gegen seinen Vater verwendet werden würden. Jason war auch ein bequemer Sündenbock, der beschuldigt werden konnte, aber Serena hatte nicht mit den anderen Beweisen gerechnet, die auf Danny hinwiesen.

Serena wäre fast mit einem perfekten Mord davongekommen, den ihr Geliebter mit den Beweisen begangen hatte, die auf ihren Stiefsohn hinwiesen. Ihr fast unmöglich kurzes Zeitfenster hätte auch funktioniert. Hätte Mama Steve nicht im Pool entdeckt, wäre es für Serena ein Leichtes gewesen, die Entdeckung seiner Leiche zu verzögern, und der Tod wäre sicherlich als Unfall durchgegangen.

»Sie liebt Sie nicht, Danny. Hat sie nie getan. Sie bestreitet sogar, dass Sie jemals Geliebte gewesen waren und behauptet, dass Sie auf eigene Faust gehandelt haben.« Tyler kratzte sich am Kinn.

»Sie lügen!« Dannys Augen blitzten vor Wut. »Sie wollte ihn für mich verlassen.«

Der Kommissar aus Shady Creek schüttelte den Kopf. »Nicht nach dem, was sie sagt. Sie hatte vor, Sie zu feuern. Sie sagte, Sie wären eifersüchtig, verknallt und es wäre peinlich. Sie hätte bereits einen Anwalt beauftragt, der hinter Ihnen her ist, Söhnchen.«

»Das hat sie nie gesagt«, sagte Danny mit verzweifelter Stimme.

KAPITEL 29

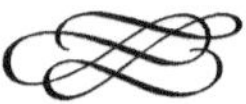

Als wir bereit waren, um nach Westwick Corners zurückzufahren, hatte es aufgehört, zu schneien, die Straßen waren frisch geräumt und die Sonne war am Valentinstag aufgegangen.

Ich erstickte ein Gähnen, als Tyler die kurvige Einfahrt zur Pension hinauffuhr. Die Crew von McCoy hatte nach einem schnellen Frühstück ausgecheckt, was für mich in Ordnung war. Es war vierundzwanzig Stunden her, seit ich das letzte Mal geschlafen hatte, und ich war nicht in der Stimmung, mich mit Gästen zu befassen.

Mein Magen – mein jetzt schlanker, dünner Magen – krähte nach Eiern, Toast und Kaffee.

Dort angekommen, machten wir uns auf den Weg in die Küche und beluden unsere Teller mit Essen.

Ich schenkte mir eine große Tasse Kaffee ein und ging mit meinem Frühstücksteller ins Esszimmer. Es war mit Rührei, Buttertoast und Heidelbeergebäck beladen. Ich hatte meine Diät aufgegeben. In der kurzen Zeit, seit der Fluch aufgehoben wurde, war mein Körper wieder auf den Umfang vor dem Fluch geschrumpft. Ich hatte den Verdacht, dass nicht nur der Fluch an meiner aufgeblasenen Taille schuld gewesen war, sondern auch einer von Tante Pearls Zaubersprüchen. Aber das könnte ich leider nie beweisen.

Tyler saß bereits an einem Ende des Esstisches mit einem amüsierten Ausdruck auf dem Gesicht, als er Mama und Tante Pearl streiten hörte.

»Gib zu, dass du unrecht hast und verkaufe die Rocklinvilla, Ruby.«

»Nein, das werde ich nicht! Das ist nicht nötig, denn Cendrine hat den Fluch beseitigt.«

Tyler runzelte die Stirn. »Was hat das mit diesem Fluch auf sich, über den ihr immer wieder redet?«

Tante Pearl hielt einen Finger an ihre Lippen. »Pssst! Nur, um darauf aufmerksam zu machen, dass es uns Pech bringt.«

Mama lachte. »Du kannst alles erzählen, denn es ist nicht real. Eine gute Fluch-Geschichte ist jedoch genau das, was Touristen anzieht. Ich bin froh, dass Cen ihre Magie genutzt hat, aber ich habe nie an den Rocklinfluch geglaubt. Das ist nur ein Mythos.«

Während ich an meinem Kaffee nippte, schweiften meine Gedanken ab. Alles war wieder gut Es war Valentinstag, Tyler und ich hatten Pläne für ein Abendessen in einem schicken Restaurant, und er würde mir einen – Moment mal! Wie konnte er mit einem fehlenden Verlobungsring einen Heiratsantrag machen?

Tyler stand auf und ging zum Fenster. »Können wir unser Abendessen verschieben, Cen? Die Straßen sind eisig, und ich habe keine Lust, den ganzen Weg zurück nach Shady Creek zu fahren. Ich würde lieber hier bleiben.«

War es wegen des Schnees oder nur eine Ausrede für einen verlorenen Ring?

»Gewiss.« Ich war sowohl erleichtert als auch enttäuscht. Zumindest gab es mir eine Gelegenheit, mich um Tante Pearl und den fehlenden Ring zu kümmern.

»Wir gehen ein anderes Mal. Heute Abend möchte ich dir stattdessen ein besonderes Valentinstagsessen machen.«

»Nun, das ist eine Premiere!«, betonte Tante Pearl sarkastisch.

»Also, warum koche ich uns nicht allen etwas zum Abendessen?«.
Tyler lächelte.

Und er tat es auch.

KAPITEL 30

Nachdem der Fluch besiegt war, konnte ich mein wunderschönes mit Perlen bedecktes Kleid tragen. Es war noch wunderschöner, als ich es in Erinnerung hatte und ließ sich ganz leicht schließen. Ich posierte vor dem Ganzkörperspiegel in meinem Schlafzimmer, freute mich und war auch ein wenig erleichtert, dass es passte. Im Gegenteil, es war sogar ein bisschen lose.

Ich schaute noch einmal und ging dann nach unten in den Speisesaal, wo der Tisch mit Mamas bestem Porzellan gedeckt war. Es gab Caesar-Salat, frisch gebackenes Knoblauchbrot und mehrere dampfende heiße Gemüsegerichte.

Tyler kam mit einer Schüssel gebackenen Hähnchenfettucine aus der Küche. Er stellte die Schüssel auf den Tisch und kam zum Treppenabsatz. Er nahm mich in die Arme und küsste mich. »Cen, du siehst wunderschön aus.«

Ich schaute meinen attraktiven Freund mit seinem unwiderstehlichen Lächeln an und dachte, wie unglaublich glücklich ich war.

Mama betrat das Esszimmer mit einer großen Auflaufform und Tante Pearl folgte ihr mit leeren Händen.

Mama lächelte Tyler an, als sie die Auflaufform auf den Tisch stellte. »Du hast nie erzählt, dass du kochen kannst.«

»Ich bin kein Gourmet wie du, Ruby. Dein Talent ist wahrhaftig magisch.«

»Klugscheißer.« Tante Pearl nahm eine Scheibe Knoblauchbrot vom Servierteller auf dem Tisch und nahm einen Bissen.

»Du scheinst meine Küche zu mögen«, sagte Tyler.

Ich war erstaunt. »Wie hast du Zeit gefunden, um all diese Dinge zu kochen und backen? Wann hattest du Zeit zum Einkaufen?«

Tyler lächelte. »Ich plane immer voraus.«

Es klopfte an der Haustür, Mama antwortete und kehrte eine Minute später mit Tante Pearls Freund Earl zurück. Er setzte sich neben Tante Pearl, gegenüber von Tyler und mir. Mama saß am Kopfende des Tisches und Oma Vi schwebte über dem leeren Stuhl am anderen Tischende und summte ein Lied.

Das konnte ja heiter werden.

Es war ein Familienessen anstelle eines romantischen. Oder vielleicht wäre es ein bisschen von beidem. Romantische Liebe, Familienliebe, alles ist gut. Tyler war jetzt praktisch ein Mitglied der Familie, und es war Zeit, ihm von der gespenstischen Oma zu erzählen. Es gab Zeit und Ort für alles, aber das war nicht der richtige Zeitpunkt.

Irgendetwas lag in der Luft.

Earl stand auf und ging ins Wohnzimmer. Sekunden später kehrte er mit einer Gitarre zurück. Er schleuderte den Gurt über seine Schulter und ging zum Tisch. Er blieb neben Tante Pearl stehen und begann zu klimpern.

»Earl? Was ist los?« Tante Pearl errötete und ihre Augen weiteten sich.

Earl lächelte und seine Finger spielten gekonnt die Saiten, während er sang:

LIEBE LIEGT IN DER LUFT,
Liebe liegt in der Luft,

ES WAR mir noch nicht klar,

Wie wichtig es mir war,
Bis Liebe in der Luft lag,

Ich wusste nicht bis heute,
Wie viel ich dir bedeute,
Bis Liebe in der Luft lag,

Liebe liegt in der Luft,
Liebe liegt in der Luft,

Ein Gefühl, *ein besonderer Duft,*
Wirst du auf mich warten?

Ich atme dich ein,
Dein Herz ist mein,
Denn jetzt liegt Liebe in der Luft,

Ich werde dich umarmen,
Und mit meiner Liebe umgarnen,
Denn jetzt liegt Liebe in der Luft,

Liebe liegt in der Luft,
Liebe liegt in der Luft,

Unser geheimes Verhältnis, *dieser ganz besondere Duft,*
Alle werden es erfahren,
Denn es liegt Liebe in der Luft

· · ·

MEIN HERZ HÜPFT, wenn wir uns sehen,
 Wir werden niemals auseinandergehen,
 Jetzt liegt Liebe in der Luft,

ICH ATME TIEF ein
 Und verspreche nur du allein
 Sollst meine Herzensliebe sein
 So bitte ich dich

NIMM MEINE HAND,
 Akzeptiere mich als dein Mann,
 Jetzt liegt Liebe in der Luft,

TANTE PEARL ERRÖTETE. »Oh Earl, hör auf.«

»Es ist wunderschön, Earl.« Mama faltete gerührt die Hände. »Hast du das selbst geschrieben?

Earl warf einen Blick auf Tante Pearl, bevor er antwortete. »Es ist ein Lied, das ich vertont habe.«

Ich klatschte. »Ich wusste gar nicht, dass du Lieder schreibst, Earl. Es ist zauberhaft. Du bist ein ebenso talentierter Songwriter wie ein Musiker.«

»Ich äh … habe die Worte nicht geschrieben. Pearl hat es. Ich habe sie nur vertont.«

»Pearl hat ein Liebeslied geschrieben?« Mama machte große Augen. »I-ich fass es nicht!«.

Tante Pearl sagte: »Es ist kein Liebeslied, Ruby. Ich habe nur ein paar Worte gereimt. Das ist doch nebensächlich, ich verstehe nicht, warum du so viel Aufhebens darum machst.«

Mama lachte. »Es ist gar nicht nebensächlich, Pearl. Es ist so … äh, romantisch.«

»Was ist denn da so lustig dran? Es ist nur ein bescheuertes Lied.«

Tante Pearl sprang von ihrem Stuhl auf. »Du solltest es niemandem erzählen, Earl.«

»Nun, ich schätze, das Geheimnis ist jetzt raus.« Earl legte eine Hand sanft auf Tante Pearls Arm. »Jetzt sei doch nicht böse auf mich, Pearl.«

Pearl öffnete den Mund, sagte aber nichts. Sie sah fassungslos aus. »Ich hole den Nachtisch.«

Ich lachte. »Aber wir haben noch nicht einmal die Vorspeise gegessen!«

Tante Pearl starrte mich an, bevor sie sich hastig in die Küche zurückzog.

War Tante Pearl wegen Earls Heiratsantrag verlegen oder weil er ihn vor der ganzen Familie gemacht hatte?

»Dachtet ihr zwei ernsthaft, dass eure Beziehung ein Geheimnis ist?« Tyler lachte. »Wir alle wussten, dass es kommen würde.«

Earl zuckte mit den Schultern. »Pearl wollte es so. Sie sagte, es würde ihren Ruf ruinieren. Aber ich sage, es vorzutäuschen ist nur, sich nur vom wahren Glück abzuhalten.«

Earl war der einzige Mensch auf der Welt, der Tante Pearl trotzen und damit davonkommen konnte.

Er zwinkerte. »Sie kann fliehen, aber sie kann sich nicht verstecken. Ich musste den Antrag vor allen Leuten machen, nur damit sie nicht so tut, als wäre es nicht passiert. Mit ein wenig Glück und Zwang denke ich, dass sie sich meiner Denkweise anschließen wird.«

Die Küchentür flog auf und Tante Pearl tauchte mit Mamas Schokoladen-Ganache-Kuchen auf. Sie stellte ihn in die Tischmitte und setzte sich, um Augenkontakt mit allen am Tisch zu vermeiden, einschließlich Earl.

Er drehte sich zu ihr um. »Pearl willst du …«

Sie hält ihm die Hand vor den Mund. »Nicht hier Earl.«

Er ignorierte sie. Er sang: »*Pearl willst du bitte …*«

Sie winkte protestierend mit der Hand, aber ihre Mundwinkel verformten sich zu einem Lächeln. »Hör auf, bevor du dich in Verlegenheit bringst. Bedient euch, esst Kuchen.«

Earl schlug ein paar Akkorde auf seiner Gitarre an, diesmal ein schnelleres, optimistisches Tempo:

»Pearl, oh Pearl,
  Du bist der Deckel auf meinen Topf,
  Bitte mach dir keinen Kopf,
  Und verbringe dein Leben mit mir
  Willst du, Pearl?
  Sag, du willst –«

Tante Pearls Gesicht war so rot, dass es fast zu ihrem roten Samtoverall passte. »Was soll ich wollen?«

Earl zwinkerte. »Du weißt, um was ich dich bitte, Pearl.« Er fing wieder an, auf seiner Klampfe zu klimpern und flüsterte fast:

Enthülle unsere geheime Affäre,
  Ohne, dass es die geringste Sorge wäre,
  Denn jetzt liegt Liebe in der Luft.«

Earl pausierte und wartete auf eine Antwort. Es herrschte Totenstille im Raum.

»Oh Earl, hörst du jetzt bitte auf?«

Earl wurde aber immer hartnäckiger und spielte weiter:

»Sag ja, lass mich nicht warten,
  Lass mich nicht raten,
  Denn jetzt liegt Liebe –«

. . .

»GOTTESWILLEN, also gut. Du wirst kein Nein akzeptieren, also sollst du deinen Willen bekommen. Ja, ich mach es! Aber hörst du jetzt bitte endlich auf?« Tante Pearl schnippte mit dem Handgelenk nach Earl, als wolle sie ihn und seine Gitarre verscheuchen.

Mama hielt sich die Hand vor den Mund. »Ist es das, was ich denke?«

Earl lächelte. »Was immer du denkst, Ruby, du hast wahrscheinlich recht.«

»Earl, bitte!« Tante Pearl blickte in die Runde und fühlte sich von dem Heiratsantrag, den er ihr vor allen Leuten gemacht hatte, gedemütigt. Sie schaute in unsere Gesichter, um unsere Reaktionen zu analysieren, bevor sie ihren Blick auf ihren Teller senkte.

Earl sah niedergeschlagen aus. Er biss sich auf die Lippe und hatte offensichtlich nicht Tante Pearls Reaktion erwartet.

Jeder im Raum wusste, dass Earls Lied ein verdeckter Heiratsantrag gewesen war.

Einschließlich Tante Pearl.

War sie sich eigentlich über Earls verletzte Gefühle im Klaren?

Nach einer Weile sagte sie: »Herrgott, okay, Earl. Leg bloß die verdammte Klampfe weg und iss dein Abendessen.«

Earl lächelte wie ein Honigkuchenpferd, stand auf und legte die Gitarre weg. Er ging zur Wand und lehnte die Gitarre dagegen, kehrte dann zum Tisch zurück und setzte sich.

»Du weißt, dass ich alles für dich tun werde, Pearl.«

»Was für ein süßer Mann! Lass ihn ja nicht entkommen, Pearl!« Mama kicherte.

Oma Vi klatschte in die Hände. »Bravo!«

Tante Pearl verdrehte die Augen. »Es ist nur ein Lied, verdammt noch mal! Beruhigt euch alle. Ich wollte es geheim halten, aber das ist jetzt nicht mehr möglich. Earl und ich haben uns entschlossen, uns mit Songwriting zu beschäftigen. Ich habe die Texte geschrieben und er hat sie vertont. Wir haben an einem Wettbewerb teilgenommen und werden wahrscheinlich gewinnen.«

Tyler grinste. »Ach, wirklich? Wo kann ich mehr über diesen Wettbewerb erfahren?«

Tante Pearl grinste verschmitzt. »Das kannst du nicht. Ich bezweifle, dass du ein gutes Lied schreiben könntest, aber selbst wenn, ist es zu spät. Die Anmeldefrist war vor einer Woche.«

Vielleicht hatten sie wirklich ein Lied komponiert, und vielleicht gab es einen echten Wettbewerb, aber ich bezweifelte es. Ich konnte mir Tante Pearl nicht vorstellen, romantische Texte zu schreiben, geschweige denn sie für einen Song Contest öffentlich zu machen.

Earl hatte ihr gerade einen Antrag gemacht, und Tante Pearl hatte ihn auf ihre eigene seltsame Weise akzeptiert. Eines war sicher: Sie hätte nicht so gut darauf reagiert, wenn Earl vor ihr auf die Knie gegangen wäre und sie um ihre Hand angehalten hätte. Earl verkündete der Welt - oder zumindest unserer Familie - ihre Liebe auf kryptische Weise, subtil und doch öffentlich. Das war etwas, zu dem Tante Pearl nie selbst in der Lage wäre. Sie würde niemals zugeben, in Earl verliebt zu sein oder ihn heiraten zu wollen. Auf seine eigene süße Art verstand er sie, wie es niemand sonst tat. Sein sorgfältig ausgearbeiteter Antrag hatte es Tante Pearl ermöglicht, ihr Gesicht und ihr mürrisches Image zu bewahren. Doch auch Earl behielt mit seinem frechen Vorschlag die Oberhand.

* * *

Eine halbe Stunde später saßen wir am Esstisch und waren vollgestopft von diesem köstlichen Essen. Mama und ich planten eine extravagante Hochzeit für Earl und Tante Pearl. Earl spielte ein paar weitere Songs auf seiner Gitarre, während Tyler Mamas Schokoladen-Ganache-Kuchen in Stücke schnitt und servierte.

Mamas Backkünste überraschten mich immer wieder. Jede ihrer Kreationen schien von Magie beseelt zu sein, obwohl ich wusste, dass sie immer alles ohne jegliche Hexerei backte. Das erforderte viel Willenskraft, weil Hexen so ziemlich alles heraufbeschwören können. Aber Backen, wie das Leben im Allgemeinen, hat keine wirklichen Abkürzungen. Du bekommst genau das heraus, was du hineinsteckst, nicht mehr und nicht weniger.

Als ich die reichhaltige Schokolade genoss, biss mein Zahn auf etwas Hartes. Ich legte die Serviette an meine Lippen und spuckte den störenden Stein aus.

Ich öffnete die Serviette und fand einen mit Kuchen überzogenen Ring.

Ein wunderschöner Solitär-Verlobungsring.

Es war identisch mit dem Ring, den Tante Pearl aus Tylers Jackentasche geholt hatte, bis auf ein Detail. Dieser Ring war ein rosa Diamant-Solitär, kein weißer Diamant-Solitär. Aber Earl hatte Tante Pearl gerade ein Ständchen mit einem Heiratsantrag gebracht. Dieser Ring konnte unmöglich für mich sein. »Oh nein! Tante Pearl, ich glaube, ich habe –«

»Gott sei Dank. Ich dachte wirklich, du würdest dieses Ding essen!«, rief Mama aus.

Der wunderschöne rosa Edelstein glänzte, als Licht von den Facetten reflektierte. Tyler hatte wirklich einen Ring gekauft, nur war es ein anderer Ring als der, mit dem Tante Pearl mich vorhin verspottet hatte. Ihr Ring war eine Nachahmung, mit einem großen Unterschied: Ihr herbeigezauberter Ring hatte einen weißen Diamanten anstelle eines rosafarbenen Diamanten, wie der, der jetzt vor mir lag. Tante Pearl hatte ein wichtiges Detail versäumt, als sie ihren schelmischen Zauber ausübte. Nichts von alledem zählte.

Tyler schob seinen Stuhl zurück und ging vor mir auf die Knie.

»Cendrine West, willst du meine Frau werden?«

* * *

HAT Ihnen *Liebeshexerei am Valentinstag* gefallen?

Dann melden Sie sich an, bei Neuerscheinungen von Colleen benachrichtigt zu werden, und zwar unter

http://eepurl.com/c0jsL1

Oder besuchen Sie ihre Website unter: www.colleencross.com

AUSSERDEM VON COLLEEN CROSS

Verhexte Westwick-Krimis

Verhext und zugebaut

Verhext und ausgespielt

Verhext und abgedreht

Die Weihnachtswunschliste der Hexen

Hexenstunde mit Todesfolge

Liebeshexerei am Valentinstag

Wirtschafts-Thriller mit Katerina Carter

Exit Strategie: Ein Wirtschafts-Thriller

Spelltheorie

Der Kult des Todes

Greenwash

Auf frischer Tat

Blaues Wunder

Zu Neuigkeiten über Colleens Bücher, besuchen Sie ihre Website: http://www.colleencross.com

Einfach für den Neuerscheinungen Newsletter anmelden, um immer direkt über die Neuerscheinungen informiert zu werden!